朧月書版

朧月書版

Sugar Blues

蜜糖藍調

슈가블루스

1

Author
少年季節

| Illustrator Bindo
| Translator 鮭魚粉

P r e s e n t e d b y B o y s e a s o n a n d B i n d o

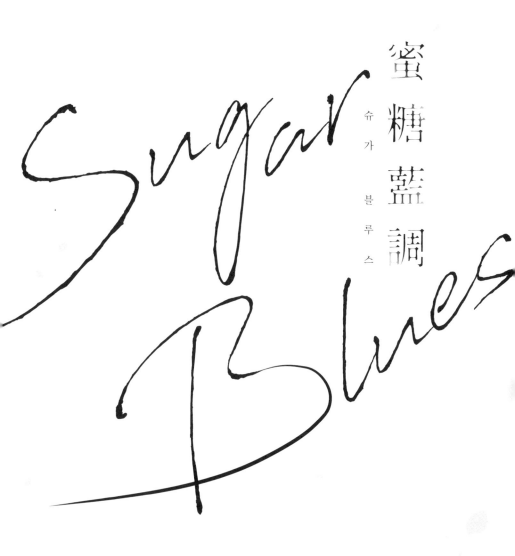

Sugar Blues
Contents

01

Sugar & Cinnamon

SUGAR BLUES

他從水裡望著微波蕩漾的水面。即便是再穩固的世界，透過這微小的波瀾也會扭曲得歪歪斜斜。在尖銳的噪音都被完全隔絕的徹底靜寂之下，能聽見的只有微弱的心臟脈動。水流纏繞包圍著四肢，宛若母體內的羊水般柔和。

徐翰烈吐著氣泡，置身在慵懶的浮力當中。他最後吐出的泡泡飄到了睫毛的末端，懸掛其上。當眼皮一闔起來，小氣泡立刻失去了依靠，一顆顆地滾動著升了上去。

他臉部的肌肉明顯地放鬆，眉毛悄然垂下，脈搏也逐漸趨於平緩。只想要就這麼睡去，就算再也醒不過來了也沒關係。

然而，突然到來的動靜卻打破了這完美的和平。泛動的水面上，水波暈染出了一名男子的輪廓。

「常務，差不多該起來了。」

徐翰烈平滑的眉間細微皺起，沉穩的心跳也倏地開始怦怦跳動。他假裝沒發現秘書的出現，轉身向對面游去。他的手臂伸得筆直，划水的動作俐落流暢。游至盡頭，他雙手撐在泳池畔的地面，遂一躍而起，大幅度地攪亂了平靜的水面。

淋漓的水珠在徐翰烈的肌膚上粒粒揮灑而下。

他將濕透的頭髮向後撥去，露出了面無血色的臉龐。從那淡雅的眉毛、雙眼皮明顯的長眸，來到高挺的鼻樑，以及下方立體的厚唇，彷彿是畫筆一氣呵成描繪而出的傑作。消瘦的臉頰和鋒利的下顎線條，造就了專屬於他的清冷形象。

儘管徐翰烈光裸著全身，卻不帶絲毫畏縮的神色。相反地，他像是完全忘卻旁人注視的目光，泰然自若地走到花灑之下。寬闊的肩線順沿著直挺的脊柱而下，連著光滑的腰部，流暢的身材曲線呈現出穠纖合度的完美比例。或許是因為他膚質細膩的緣故，就連附著著肌肉的那些部位線條都柔和了起來。

強勁的水柱沖刷在徐翰烈的頭部和肩膀上，不過是這種程度的接觸，他蒼白的肌膚立刻泛起紅暈。淋浴之水的洗禮持續了好一段時間才結束。徐翰烈濃密的睫毛和通紅的耳垂上都噙著清澈的水滴。

他在濕答答的身體上隨意地披了浴袍，頭髮也沒好好擦乾就直接進到屋內，滴落的水珠在他所行之處留下了點點痕跡。他走在寬敞的大理石地板上，一路通向了內部的更衣室。

徐翰烈打開房門，一整套人體模型穿著的西裝映入眼簾，是他不曾見過的新衣。以寬領為特色的白襯衫，搭配斜條花紋領帶，再配上深藍色的西裝外套。單排釦、菱形標準領、翻蓋口袋的款式，無一不是極其傳統的設計。徐翰烈雙臂交叉在胸前，表情像見到什麼詭異的東西似的，斜著眼注視著這套衣服。

「這是會長特地送過來的。」跟在身後的秘書低聲向他提醒道。公事公辦的語氣中透露一絲微妙的不安。

「特地啊……」

徐翰烈慢條斯理地咀嚼秘書話中的含意，緩步走到了人體模型面前。他輕輕掀開外套，秘書立刻開始補充說明。

「會長說這件事非同小可，服裝儀表也要更加注意才是。」

徐翰烈歪著頭，彷彿聽見了令人疑惑的話語。「這樣更不合理啊。」他一邊喃喃自語的同時，一邊將西裝外套重新整理，雙手束緊的動作帶著一股難以察覺的脅迫感。

「有必要這樣大肆宣揚說我們怕到不行嗎？」

徐翰烈不爽地碎念著，簡直不想再多看它一眼，立刻就要秘書把這套衣服給收走。他堅定無比的語氣，表達出沒有絲毫妥協的餘地。然而，秘書卻沒有按照他的指示行動，僅握著手機，一副躊躇不定的樣子。

徐翰烈默不作聲地等待了一會才轉過臉來，固執的側顏展現出了前所未有的嚴肅。秘書沒有辦法再繼續抵抗，不得不聽話地將掛著的服裝收拾起來，或許是內心仍在掙扎，動作顯得有些拖拖拉拉。

「請問你還不出去是要繼續待在這裡嗎？」徐翰烈慢慢挑著衣櫃裡的衣服，催促著還在磨蹭的秘書。

「啊，抱歉。」秘書趕緊將模型上剩下的襯衫一把抓了下來，接著撥通電話，離開了更衣室。不用想也知道，一定是跟徐會長打小報告去了，隨便他吧。

徐翰烈仔細地揀選著陳列的西裝，從中挑出了一件。接著，他逐一親自挑選與其相襯的襯衫和領帶、口袋巾、手錶，以至皮鞋，整個過程順暢如行雲流水。

他換好全身衣服，走出了更衣室。方才講電話的秘書看到他，瞪大了眼睛。

徐翰烈選擇的，是一身喀什米爾材質的藍紫色西裝。搭配著由紅線與白線交織而成的淺格花紋，使得身上赤褐色的領帶不會太過突出。西裝外套點綴著酒紅色的鈕釦，裡面是有領的四排釦馬甲，成功打造肩膀與胸膛的分量感，強調出他纖細的腰身。帶著一點紅色光澤的褐色皮鞋擦得閃閃發亮，為全身的裝扮帶出畫龍點睛的效果來。

無論怎麼看都華麗非常，顯眼到了完全無法忽視的地步。

早早抵達的髮型設計師偷偷看著秘書的臉色。雙眼大張、表情僵硬的秘書閃避著徐翰烈，為他讓出了位置。於此同時，秘書手機的另一頭還持續不斷地傳出震怒的罵音。徐翰烈咂了下舌，一副無所謂的模樣。

「不是說要是血管又破裂的話會很危險嗎？總是這麼不懂得控制血壓。」

徐翰烈用下巴對呆站著的髮型師指引了方向後，自顧自地進了裡面的房間就坐。髮型師仔細地吹乾徐翰烈濕漉漉的頭髮。若是在平常，他一下子就能吹整完成，今天卻還特意在中途停下吹風機，確認徐翰烈的意見。

「想要做怎樣的造型呢？」

聽到髮型師小心翼翼地詢問，徐翰烈的視線從平板電腦上移開，看向鏡子。

「你是今天第一次幫我做造型嗎？」

「不是的、只是想說今天做個感覺稍微沉穩一些的造型，不曉得您覺得如何？」髮型師的聲音越說越小聲。

徐翰烈直視著他的雙眼，不予回答。儘管只是短暫瞬間，髮型師都難以承接他那可怕的目光。

「就照平常的弄吧，別亂來。」

徐翰烈用淡漠的語氣斥責了一聲，視線再度回到了平板上，滑著平板的手勢看起來無精打采的。髮型師則表情略帶尷尬地開始觸摸徐翰烈的頭髮。

髮型師最後替徐翰烈抹上一些護髮素，在頭髮造型接近收尾之際，傳來了敲門聲。未得允許，門就已經開啟，一位氣質高雅的中年女性從門縫之中現身。髮型師禮貌性地立刻停下了手上的動作。女人的視線優雅地掃過他，隨即投向鏡中徐翰烈的臉龐。

「吃過飯再去吧。」她的嗓音端莊文雅到簡直令人難以仿效。

女人叮嚀著孩子用餐的樣子，很有家中女主人的架式，她和徐翰烈卻不是母與子的身分，但是她也不算是外人，關係十分特殊。

在這個家中，對女人的稱呼可以說是五花八門。有人稱她夫人，有人稱呼她白部長，也有人叫她白女士。徐翰烈有時喊她白女士，偶爾也稱她為盈嬅小姐。她雖然不在乎家裡的人要怎麼叫，但是只准受雇的員工們用夫人來稱呼她。

徐翰烈僅回覆了一聲「嗯」，白盈嬅於是繼續催促他。

「我簡單煮了一些。」

徐翰烈舉起手輕輕揮了揮，手勢彷彿在驅趕飛蟲一樣無情。要是別人，差不多在這時就知難而退了，白盈嬅偏偏不肯放棄。

「你去到那裡，不知道要多久才能結束呢，餓著肚子會受不了的，出來吧！」單方面的下了通牒後，白盈嬅關門離去。

髮型師不由得注意著徐翰烈的神情，猶豫了片刻，他動作謹慎地正準備把最後的造型完成，徐翰烈拍掉他的手，站了起來。開門離去的他意外地聽話，乖順地進了廚房。

寬敞的十人用餐桌上，只擺放了一人份的餐點。盛好水的玻璃杯，搭配著蔬菜的一盤牛排，既顯沉重，卻又如此簡樸。他們在家吃飯時，總是這種形式。白盈嬅在流理臺洗著水果，堅守著她的崗位，沒有特別打算要說什麼話的樣子。

徐翰烈低頭看著自己的那一份食物，脫下西裝外套掛在旁邊的椅子上。襯衫的袖釦也解開來，輕柔地挽起袖子的動作非常優雅。四排釦馬甲尖銳的翻領感覺相當具有攻擊性，與他本人的氣質倒甚是相符。

徐翰烈用叉子戳著裝飾用的蔬菜，將其推開，然後把沒有調味的肉排撕扯切塊，放進了嘴裡。咀嚼著牛排的下顎動作，使人聯想到慵懶進食的肉食性動物。潔白無瑕的餐盤裡很快地積聚了紅色的血水。廚房裡時不時傳出了碗盤的碰撞音。

「我知道你肯定會自己看著辦，但是長輩們還是很擔心你的。去了之後別說一些有的沒有的……」

一陣刀叉摔撞在一起的尖銳聲驟然響起，讓白盈嬅正說到「作為一個成年人」的話音戛然而止。徐翰烈拿起餐巾擦拭嘴角，恍若無聞地向白盈嬅提問。

「白女士今天的行程是什麼呢？」

「沒什麼特別的。怎麼了？有事情要拜託我嗎？」

「怎麼會沒有特別的事，他不是今天要退伍嗎？」

白盈嬅因疑問揚起的眉毛回到了原位。她的表情並不僵硬，這樣的刺激還無法讓她動搖。

「又在耍性子啦？」

「耍什麼性子？我又不是小孩子。」

徐翰烈用玻璃杯的水稍微漱了下口，從座位上起身。他拿起外套走出廚房時開口道：「盈嬅小姐，妳這樣是會受到懲罰的喔。」白盈嬅聽了，連眼睛都沒眨一下。

正巧結束了通話的秘書前來，與白盈嬅交換了個眼神，便恭敬地無聲行禮離去，默默地跟隨在徐翰烈身後。

「會長先生聘請了律師。」

突如其來的消息，讓徐翰烈停下腳步轉過身來。

「律師？什麼律師？」

「前陣子才剛從第一線卸下法官袍，現在在青松律師事務所擔任合夥律師……」

徐翰烈立刻打斷了祕書的話。

「今天不是說要傳喚證人進行調查嗎？」

「是的，名目上是這樣沒錯，但是就怕有個萬一。」

「楊秘書。」聽見他突然按照規矩的稱呼，秘書偷偷地嚥了下口水。

徐翰烈緩緩地輪流注視著秘書的雙眼，忽地噗哧笑了出來，彎彎的眼睛裡滿是揶揄。

「你現在是和老頭串通起來想騙我嗎？」

「什麼？」

「我可是徐翰烈，那裡的記者和檢察官們會有人不知道嗎？」

「我不太懂您的意思……」

「根本不適合我、穿起來像個傻子的西裝、憨厚的髮型，再加上前官禮遇的律師？現在是作賊心虛還是怎樣？」

「那個，檢方現在正蓄勢待發的樣子。證人接受調查的過程中，經常會出現證人變成犯罪嫌疑人的身分轉換情況，會長說無論如何還是不放心讓常務您獨自一人前往……」

還沒等秘書把話說完，徐翰烈就已經開門離去。司機在備好的車輛前恭敬地打了招呼，在他身旁站了一位上了年紀的白髮男子，看來就是剛才提到的那位律師。律師一副意氣風發貌，伸手要和徐翰烈握手。

「初次見面，我是……」

「不必介紹，因為您已經被解雇了。」

突然的通知使得律師慌張地看向了楊秘書，楊秘書只能表情尷尬地再度拿出了手機來。徐翰烈輕輕鬆鬆地搶走那支手機，對著還搞不清楚情況的律師再度地宣告。

「您應該是非常明事理的人，怎麼會理解力這麼差勁呢？我說我現在開除你了！」

「常務！」楊秘書用故作嚴厲的語調來勸阻徐翰烈。

然而徐翰烈轉過頭，冷冷地回望著他。

「你也別再給我搞鬼。」

原本張口還想再說什麼的楊秘書這下閉上了嘴。徐翰烈就這樣肆意地破壞了徐會長的計畫，從容無事地上了車，識相的司機也跟著默默鑽進了駕駛座。當面遭到不算羞辱的羞辱，律師氣急敗壞地找上無辜的楊秘書，質問這是怎麼回事，楊秘書只能代替徐翰烈再三地向對方道歉。

「走吧。」車窗外的事似乎與他無關，徐翰烈直接下了指令。

司機用詫異的眼神看向了後照鏡。「但是秘書先生還沒……」話沒能說完，因為徐翰烈已經踹了一下駕駛座。

「我都說了出發了，你是沒聽見嗎？」低沉的咆哮讓司機不得不乖乖點頭。

靜止的車身開始緩慢地移動。在外頭安撫律師的楊秘書趕忙追了上來，敲擊著助手席的門。然而車子卻加快了速度，沒多久就把他甩在了身後。

司機透過後照鏡，瞄了一眼站在路邊虛脫無力的楊秘書。沒過多久，他的手機果然響了起來，來電者毫無疑問正是楊秘書。司機苦惱著是該接還是不接，他偷偷瞄了一眼車後座。

「音樂。」閉目養神的徐翰烈沉聲發出了指令。司機立刻把車上備好的CD推了進去，賈科默．普契尼的歌劇《波希米亞人》的《你那雙冰冷的小手（Che gelida manina）》隨即在車內響起。不須一再吩咐，司機如往常般將音量調大，充斥在車內的詠嘆調旋律很快地把手機鈴聲給完全掩蓋了過去。

✳

關閉著的電視畫面中出現一名身著軍裝的男子，他映在螢幕上的輪廓清楚分明，就算說這電視是開著的，人們也可能會相信。端正的額頭讓挺拔飛揚的眉毛更顯突出，俐落的下巴線條延續出筆直的頸部和肩膀，再加上將這一切協調組合起來的高挑體格，使得他連這種粗曠的軍裝也能完美地消化。即使軍帽壓得極低，還是可以看到帽子下的皮膚富有光澤，從他光滑的面龐上實在無法看出那些軍隊生活艱辛的痕跡。兩年來的時間所帶給他的影響，儘儘是下意識地隨時保持抬頭挺胸的習慣罷了。他的軍服胸口處，刺上了好一段時間沒機會被叫喚的三個字——「白尚熙」。

本應是短暫的過場時間，現在正被無限地延長。白尚熙倏然向前探身，些微的動靜惹得執勤中的排長瞥了他一眼。慢慢挺起上身的白尚熙視線對準了正在通電話的行政補給官。領著白尚熙到了這裡，交代他拿到退伍證後就可以離開的補給官，至今已經忙了將近三十分鐘。

白尚熙等不及地再次歪了腦袋，結果又跟排長對到了眼。雖然只是轉瞬之間的停頓，白尚熙感覺排長深吸了一口氣。他輕揚眉毛，露出一副「有什麼事嗎」的表情。排長的眼睛瞇了起來，帶著某種警告的意味。但是突然爆出的一陣喧鬧笑聲，讓他的目光快速回到了螢幕上。排長不再理會白尚熙，白尚熙同樣也毫不留戀地轉過了頭。

「怎麼就這樣傻傻地坐在這裡？可以開電視起來看啊。」

背後傳來濃烈的即溶咖啡和香菸之類的氣味，是朴士官長。一直在跟林下士閒聊的他於是自己打開了電視的電源。一大早的，電視裡正在播著晨間連續劇。

「明明繳了昂貴的第四台費用，卻一直浪費著這些無線電波訊號沒有使用啊！」朴士官長切換著電視頻道，一邊嘮嘮叨叨。變換著的電視畫面停在了某個新聞頻道。畫面中出現了某個有那麼一點知名度的公眾人物，今天正前往檢察機關出庭接受調查。主播的台詞中不斷出現知名藝人、財閥、毒品、慣犯、娛樂等等字眼。「這些人果然招數都很老套。」朴士官長一連嘖了好幾聲。

「反正啊，越是有錢的傢伙越愛作怪。有這麼多錢，照理說應該什麼都不缺了，為什麼偏偏整天沒事惹事的。」

朴士官長像是想徵求相同意見似的看向白尚熙。然而，白尚熙始終沒有反應，只是面無表情地注視著那電視畫面，看起來似乎也不是特別專注的模樣。附和朴士官長這項任務因此變成了林下士的份內工作。

「大概是錢太多，所以人生過於無趣了吧？既不了解賺錢的樂趣，也沒有什麼能夠激發熱情挑戰的事物，是不是這樣？」

「太無聊的話就該入伍當兵啊！為了逃避兵役，一大堆的藉口。每天就只知道喝酒吸毒，看來是有精力亂搞關係，卻沒有接受訓練的力氣啊？」朴士官長提高了嗓門，憤慨地譴責著那些富有的人們，興奮到臉都紅了起來。

「士官長。」

在排長嘆息後的呼喚之下，朴士官長「是——」的拉長了音，這才回到了他的座位。他對著林下士嘟起了嘴，兩人互相交流著無聲的不滿。排長無視於他們顯而易見的伎倆，專注在自己的職務上，雖然沒有表現出來，但是偽裝平靜的臉實則已經臭到不行。

白尚熙將他冷淡的視線鎖定在電視機上。他只是覺得，好像應該要這麼做，儘管他根本一點都沒聽進去新聞報導在炒作著什麼內容。觀賞一個硬要在這股歪風之中孤軍奮戰的人，實在沒什麼意思。

過了沒一會，行政補給官道著歉，朝向他走來。

「讓你等了很久吧？今天因為是星期一，一大早就忙成一團。來，這裡是你的退伍令還有費用。」

白尚熙默不作聲地接下了對方交遞過來的東西。好不容易退伍了，照理說應該要有萬千感概，但是在他臉上看不出有任何的變化。

「我現在可以離開了嗎？」

「急什麼？喝杯咖啡再走啊！」

「金士官長也真是的，他現在剛退伍耶！怎麼可能還想在這裡多待一秒啊？」朴士官長誇張地咂著舌。行補官說著：「是這樣嗎？」哈哈哈地笑了起來。

白尚熙一邊安靜地收拾著背包，隨後站起身。高大的身軀比坐著的時候存在感更加強烈，彷彿漂浮在空氣中的氧氣，都迅速地匯集到了他所站之處。行補官也跟著他起身，隨口向他問道：「出去之後，會重新回到演藝圈嗎？」

辦公室裡的所有人不約而同地朝白尚熙看去。他搔了一下眉尾，只回答了一句「還不知道。」對於他不符期待的無趣回答，朴士官長和林下士兩人你一言我一句地幫他說話。

「當然要復出啦！現在年紀也不小了，幹嘛要放棄之前的工作經歷呀！在軍隊裡也有努力重新做人，以後不會再惹麻煩啦，是不是？」

「說得沒錯，不然像那些吸毒、酒駕、賭博的藝人，不是也都好好地復出了嘛！」

「另一個理由是什麼？浪費國庫嗎？我們白兵長這麼帥的一張臉，不加以利用的話可是白白浪費國家財產啊！」

行補官大笑附和著。隨便他們怎麼說的白尚熙離開了位置，突然在排長面前停下腳步。排長的螢幕上見到隱約的人影反射，詫異地抬起頭來。眼神瞬間朝下直視的白尚熙，緩緩地將右手臂給舉了起來。「必、勝！」他行起軍禮的模樣相當地恭敬。排長暗自緊張的表情這才和緩了下來。

「好啦，這段期間辛苦了，你現在可以走了。」

得到了允許，白尚熙才將敬禮的手臂放下來。他露齒而笑，回了句「您辛苦了」，然後對一直看著自己的副士官們點頭致意。「身體健康」、「保重啊」、「別再惹事啦」，白尚熙將此起彼落的囑咐留在了身後，離開了行政辦公室。

即便是在前往衛兵所的路上，白尚熙也沒有露出半點興奮的神色。他腳底下的影子，如同主人一般，也無精打采地晃動著。

「出來了！」

走到衛兵所的白尚熙正要拿出退伍令，大門外引人注目的三兩人群，在聽見其中某人的大喊之後，紛紛拿出相機靠了過來。雖然不比入伍時的採訪盛況，但還是意外地聚集了不少人。

「池建梧先生，接受一下採訪吧！」

「退伍之後心情怎麼樣？」

「可以請問一下之後的計畫嗎？」

「可以期待你回到演藝圈發展嗎？」

記者們稱白尚熙為「池建梧」，不斷地對他展開提問攻勢。白尚熙毫無準備地暴露在不停歇的快門聲中好一陣子。這個畫面令人感到熟悉，不過是相機前站著的人被替換了而已。

在過去類似的情況下，有些人可以在當兵期間蛻變成一個完全不同的人，對著鏡頭英姿煥發的敬禮；也有人對於過去犯下的錯行帶著悔意，畏縮不安地摸著軍帽。不管是哪一種，都不忘在鏡頭前展示著給未來動向鋪路的暗示訊息。

然而，白尚熙此時的眼神卻麻木無神。他沒有對著鏡頭行禮，只是點了點頭。他並沒有說什麼我很抱歉、謝謝大家關心，甚至也沒說一聲再見，就背過了身。記者們彼此交換了一個驚詫的眼神，隨後再度連聲喊著池建梧的名字，一群人跟了上去。

這時，一台停在前方的 SUV 車上下來了一個男人。不曉得是不是沒睡好覺，他臉色很差，腰帶上方突出的小腹很是明顯。男人親暱地呼喚著「建梧呀！」，一邊朝白尚熙走去。他的手臂自然地扶上白尚熙的後背，將他帶往 SUV 的方向。

白尚熙順從地坐進副駕駛座，男人順手替他關上車門，朝向追著白尚熙而來的記者們低頭鞠了個躬。

「很感謝大家特地前來，我們今天就先回去了。」

「我們很想知道池建梧先生現在的心情是如何，能不能請他簡單說句話就好。」

「下次會再告訴大家的，不好意思。」

男人熟練地道歉，隨即進了駕駛座。即使車窗的隔熱紙黑得看不到內部，記者們將相機貼緊窗戶，持續地按下快門。呼吸平緩下來的男人用乾巴巴的語氣對白尚熙說：「繫上安全帶。」即使聽得清清楚楚，白尚熙卻沒有立刻照做。他只顧著調整座椅的位置和椅背的傾斜度，好適應他的大長腿。

「你怎麼會過來？」

「明知道你今天退伍，不然你是要經紀人什麼都不要做喔？」

「原來你還是我的經紀人？我都不曉得耶。什麼時候開始經紀人變成在做義工的了？」白尚熙用著毫不在乎的語氣道。

「你這傢伙……要你給我打個電話通知退伍日期有這麼困難嗎？過去我們每天一起吃飯，相處了這麼久的交情，我還得從記者那邊才能得知你退伍的消息？」

「就算室長你不來接，我也有辦法自己回家的，我都幾歲了。」

「我又不是這個意思，小子，如果我沒來的話，你打算搭什麼回去？該不會想搭公車吧？你是想昭告全世界說我現在很落魄嗎？我有沒有跟你說過藝人的形象就是一切、是你的性命，有還是沒有？」

「無所謂啊，以後又不當藝人了。」

白尚熙脫下軍帽，隨意地撥弄著壓扁的頭髮。不停在嘮叨的男人一時之間噤了聲。吵架也要對方願意回擊才吵得起來。不管他說什麼，對方都當耳邊風，原先的那股熱勁就這樣被他澆熄了。

男人用不悅的眼神看著白尚熙，隨後轉動著方向盤。面相凶惡的他，是白尚熙從出道開始就同屬一間公司的經紀人，姜在亨。與外表給人的感覺不同，他的個性誠懇又細心，工作上大大小小的事都處理得非常仔細。從踏入娛樂圈的那一刻開始，兩人能夠一起工作，實屬白尚熙的幸運，但卻是姜在亨的不幸。由於兩年前發生的事件，他至今累積建立起來的事業就這麼毀於旦夕。

共同拍攝一部作品的兩位演員發生了雙方暴力糾紛事件。由於兩人平時就時常產生摩擦，喝了酒後互相拉扯以至大打出手。問題在於，和白尚熙互毆的另一方傷勢更為嚴重。對方眼眶骨骨折，過了八週之後才痊癒。由於他出身知名偶像團體，無論是他背後強大的粉絲團，或是他廣為人知的「演藝圈金湯匙」稱號，對白尚熙來說都相當不利。不管引發爭執的起因為何，輿論總是站在受害更多的那一方。

雖然好不容易達成了協議，以罰金的形式解決，然而一切都完了。白尚熙作為演員的那些經歷和形象，還有曾經讓公司股價上漲而到手的廣告也跟著泡湯。廣告商收取的違約金少說兩倍，有的甚至還高達三四倍。經紀公司向他宣布要終止合約，早早就脫了身。那時是他即將結束二十代，正備受關注的時期。白尚熙剩下的唯一選擇，就是去完成先前曾經推遲的兵役。說起來，這並不是一個經過思考或縝密計畫過後的決定。只不過是姜室長告訴他，是時候了，他也就如此接受罷了。此後，兩年的歲月就這麼過去。

離開部隊的路上，姜室長告訴他，現在時機還算不錯。

「本來還在擔心最近沒什麼新聞好報，會不會記者全都湧來，恰好有阿貓阿狗爆出了吸毒的消息。」

姜室長似乎是在講辦公室看到的那則新聞，知名歌手和財閥第三代之間的毒品醜聞。某個人的苦難，卻是另一個人的幸運。互相利用、牽扯不清的關係，這就是演藝圈的法則。白尚熙胡思亂想著，即使可能性渺茫，自己兩年前的事件，是否對於別人來說，也成為了一則好消息。

至此兩人再無對話。白尚熙看著窗外沒什麼意義的風景，姜室長則像個駕駛新手，雙手緊握方向盤，一路直視著前方。姜室長頻頻嘆息，似乎遇上什麼不順心的事，神經質地不停搓著無辜的額頭。

遇到紅燈，車子稍微停下之時，姜室長打開了副駕駛座的置物箱，從裡面拿出了一包未開封的香菸來。突然間，白尚熙發現了某樣東西。他第一次見到這張專輯，角落貼著的小紙條上，寫著請多多指教，還有姜室長的電話號碼。這通常是新人或知名度較低的歌手會分送給圈內相關人士的宣傳唱片。姜室長辛苦奔走在電視台製作公司，鞠躬哈腰的身影清楚地浮現了出來。姜室長從白尚熙手中搶過專輯，丟回了置物箱裡。

白尚熙肆無忌憚地又把專輯拿了出來，儘管姜室長叫他放回去，他也不管。他打開了專輯，取出CD，放進了光碟機內。CD順利被吸入，快速地旋轉讀取。很快的，第一首曲目開始播放，從被標記了小星星的圖示看來，這是首主打歌。

白尚熙並沒有多深的音樂造詣，在藝術方面的感性也不是特別突出。不過他還是知道。這張專輯聲音的主人，不會因為姜室長到處去拜託別人賣他一點面子，就能夠得到多好的機會。而這一點，姜室長本人大概比誰都更加清楚明白。

他本來就別無選擇，經紀人沒有挑選藝人的權力，正如同他必須負責白尚熙那時一樣。

姜室長欲撕開包裝紙，摳著菸盒表面的手卻沒辦法順利拆封。白尚熙放下了專輯空盒，從他手裡把菸給拿了過來。他輕鬆地撕開了包裝，小力地搖晃著菸盒，然後將凸出來的一根菸放到了姜室長的嘴邊。姜室長一臉不爽地默默含住了香菸濾嘴。白尚熙接著又拿出了一根，塞進自己的嘴裡。

沒一下子，車內就充滿了嗆辣的煙霧。姜室長呼出了長長的一口氣，好不容易才又開口。

「……所以，你真的不幹了嗎？」

白尚熙用拿著菸的那隻手，習慣性地搔了搔眉毛，視線已朝向窗外看去。

「室長是覺得我還有希望？」

「……」

「沒辦法回答的話，答案不是已經顯而易見了嗎？」

白尚熙嘻皮笑臉地吐出一口煙霧。姜室長只能在一旁粗喘著氣，使勁地抓著無辜的方向盤。

「就不應該相信張沅植那個混帳傢伙的！」

說起他們前經紀公司的老闆，他就忍不住要咬牙切齒。暴力事件光是違約金就高達十四億韓元。經紀公司代償了這筆債務，成為了白尚熙的債權人。雖然名目是基於道義上的幫助，但卻不是出於善意的幫忙。事實上，有不少的娛樂經紀公司根源都觸碰到了那些惡勢力，與其相關聯。白尚熙所屬的公司也是如此。當這一連串的風波事件告一段落的時候，債權的主體便巧妙地由經紀公司轉變成了與公司有關聯性的放貸公司。在白尚熙服役的期間，利息也確確實實地在上升。本金的三分利，單月份就已高達四千兩百萬元。

姜室長降下了車窗，煩躁地扔了菸頭。他深嘆著氣，對於自己丟出的問題，索性打消了念頭。

「你的房子不是也處理掉了，有住的地方嗎？」

「要找找看了。」

「以後打算怎麼辦啊？」

白尚熙將細長的香菸夾在食指和中指之間，用無名指輕輕掃過自己的鼻梁。這是一種每當他陷入思緒時，經常出現的習慣性動作。然而姜在亨等了好一段時間，也不見他有什麼特別的回應。

「別逞強了，建梧啊，你就向你的母親……」

「你幹嘛要提這種說了等於沒說的事？」

白尚熙一口氣回絕了心情鬱悶想要給點忠告的室長。他彈了彈手指，把菸頭丟進了冷掉的咖啡裡。

「我要睡一下，到首爾之後隨便找個地方放我下車。」

白尚熙一副不想多談的樣子，閉上了眼睛，甚至還用軍帽遮住了臉。姜室長帶著複雜的神情，往嘴裡又塞了一根菸。

沒有什麼好的辦法了。現在輿論風向依舊不太好，沒有一家公司會想要一個無法保證是否能東山再起的演員。他能夠展現出來的東西太少，不夠對方願意去承擔所有的風險只為給他一個機會。相較於那種讓人印象深刻，或演技深具感染力的演員，白尚熙屬於憑藉著獨特的外貌而受到矚目的類型。對於演技的渴望、熱情或抱負也不是比別人多，即便到了現在，他的態度似乎依舊沒有改變。

再加上兩年前的那個暴力事件，還和娛樂圈內極具影響力的一家時尚企業結下了樑子，若是無法找到更強而有力的靠山，捲土重來的日子似乎顯得遙遙無期了。

姜室長不禁把自己的襯衫領口鬆得更開一些，重重地嘆息。

冷卻的咖啡表面形成了一層薄薄的油膜。眼前的檢察官只是不停地翻看著文件。每當他粗略地一張掀過一張，薄紙杯裡的咖啡表面就被他震出了細微的波動。徐翰烈不過是持續了二三十分鐘的沉默，已經足以給對手帶來壓力，但是，如果對手早已習慣這種作戰形式，那就要另當別論了。徐翰烈在這方面可是受過鍛鍊的人，他環顧著偵訊室的內部陳設，希望檢察官能快點察覺到自己先發制人的招數已然失敗。

這裡充滿了資料文件，窗台就不用說了，桌子、甚至櫃子的底下，幾乎看不到任何還有空間的地方。徐翰烈之前也曾有過幾次出入的經驗，對地檢署也算是不陌生了。而這裡的特別之處在於，文件堆的每個邊角，都沒有一絲偏差地對得整整齊齊，一看就知道對方心裡沒底。

「徐翰烈先生。」

聽到叫喚聲，他終於回頭看向對方，對上了眼鏡後面那雙細細的小眼睛。這名檢察官並不認為徐翰烈只是個單純的證人，看他眼神中那強烈的不信任感和敵意就曉得了。徐翰烈輕輕一笑，應聲答是，但是雙腿依然交叉著。檢察官的目光固定在文件上，打量著上面的個人資料。

「徐翰烈先生，從二〇一六年至今，擔任日迅通信的常務一職是吧？」

「是的。」

「在這之前，也就是說高中畢業之後就一直待在美國……」

這只是一個簡單的事實確認，所以徐翰烈沒有回答，僅是點了點頭。檢察官接著卻突然發出虛假地驚嘆，「啊」地大叫了一聲。

「現在才看到，國中也不是在韓國唸的？看來曾是個小留學生？」

「算是吧。」

「那兵役……？」

拉長著尾音的檢察官這才抬起頭，再次與徐翰烈對視，單側的嘴角些微地上揚。

「原來是免役啊？」

相當明顯的嘲笑口吻讓徐翰烈加深了笑容。

「是的，但是與這次的調查有什麼關係嗎？」

「以某些方面來說，不無可能啊。」

「究竟能有什麼關聯性，真讓人好奇耶！」徐翰烈故意像是在自言自語道。

檢察官也不介意，遂又翻過一頁資料。

「在美國待了那麼久的話，能適應嗎？」

「不好意思，你是指？」

「大麻啊，在那邊不是說跟抽菸一樣稀鬆平常嗎？」

古老的套話招數。檢察官抬起眼看著徐翰烈，那張臉上洋溢著不知從何而來的自信。徐翰烈僅是微微揚起眉，沒有回答他，依舊是掛著笑容。對方一副你不回答也沒關係的樣子，開口說道：「現在開始要正式向你提問。」

「徐翰烈先生的堂兄，徐宗烈先生，被指控涉嫌違反毒品危害防制條例，你知道嗎？」

「知道。」

「那麼，徐宗烈先生數年來將大麻、冰毒和古柯鹼走私到韓國，並且經常服用的事實你也清楚嗎？」

「怎麼說好呢。」

「是知道還是不知道，請明確的回答。」

「老實說的話，我是覺得很有可能。因為他本來就對女人和酒來者不拒，而且依賴心又重。再更老實一點告訴你，那就是，我根本不在乎。我的堂哥在哪裡捅了誰，或他吃了什麼東西，到底跟我有什麼關係呢？」

「雖然你是這麼說，但你們看起來走得滿近的？兩位年齡相差了十五歲，其實還差得挺多，很讓人意外耶。」

「畢竟是親戚嘛。」徐翰烈一邊回答的同時，瞥了一眼桌上的名牌。「朴玄碩先生家裡是三代單傳嗎？不是的話應該就會懂的啊。在親戚關係中，彼此碰不碰面這種事呢，通常是不太能按照著當事人的意願來進行。」

被這麼直接地點名，檢察官的眉頭不禁抽動。

「徐翰烈先生，這裡是地檢署，你是來接受證人調查訊問的，請配合情況和場合，注意你的發言。」

「我是在自言自語所以才沒用敬語的，如果冒犯到你了，我向你道歉。」

徐翰烈停頓了一會，好像發現到什麼似的，慢慢「啊」了一聲。

「不曉得我用檢察官大人來稱呼您，有符合情況和場合嗎？」

佯裝無知的嘲諷讓檢察官的臉漲紅起來。他調整了幾次呼吸，才回說他不介意怎麼被稱呼，儘管看起來並非如此。他忍耐著，開口說要繼續進行下去時的語氣顯得更加生硬冷漠。

「徐翰烈先生將私人別墅毫無理由地借給關係不親近的表哥？你是這個意思嗎？你敢說你不知道徐宗烈先生在那裡做了什麼事嗎？」

「啊，那個別墅？那只是名義上這麼登記，其實根本不能說是我的。小時候家人們偶爾會去過夜，長大後就不再過去了。既然傳給了我，我不過是把它收下來而已。不對，應該說只是按照繼承法自動繼承過來的。難道我那個四十四歲的表哥在那裡進出、吸毒、濫交還是策謀犯案，這些東西我全都得知道嗎？」

「遺憾的是，你可能會只因為提供賭博、賣淫，甚至鬥狗的場所，而遭到起訴。」

「如果有人偷了別人的車，撞死人逃逸，這是要連車主都抓起來判刑的意思？你怎麼沒有妥善保管你的車鑰匙啊？你難道沒想到嫌犯會用這車撞死人嗎？你是不是知道了，卻在一旁袖手旁觀？」

「不覺得你的邏輯跳太遠了嗎？」

「彼此彼此吧。」

「就我而言，現在的情況是近乎合理的懷疑。在現場和徐宗烈先生一起被逮捕的有秀湖建設的安鎮浩先生、AO電子的金明宰先生、偉漢鋼鐵的李源中先生，還有歌手蘇奈小姐，這些人不都是徐翰烈先生的好朋友嗎？」

「誰說我們是好朋友了？他們有這樣說嗎？」

「只要去他們的社交帳號看，都可以見到和徐翰烈先生一起的合照。」

徐翰烈很直接地笑了出來。

「竟然靠一張合照就可以成為莫逆之交啊，這樣的人際關係也太隨便了吧？」徐翰烈一邊這麼說，冷不防地回頭看了下書櫃上的相框。裡面是一張朴檢察官和檢察總長握手的照片。

「看來，朴玄碩先生和那邊那位也是關係相當親密啊！」

「我現在在說的是徐翰烈先生的事！」

「喔，那我好像又失禮了，只是感覺您好像不太懂得如何換位思考。」

朴檢察官裝作聽不見徐翰烈話裡的嘲諷：「我再問你一遍。」

「長達四年的期間，徐宗烈先生曾先後吸毒二十二次，場所大部分是在徐翰烈先生的私人別墅裡。儘管如此，你還是完全不知情嗎？」

「我不知情，我也不在乎。」

「這是登記在你本人名下的建物與財產，沒有特別的理由，會一直將它棄置？」

「如果衣櫃裡衣服很多，又不常穿的話，你很容易就會忘記有哪些衣服。偶爾整理衣櫃的時候，衣服不是會突然冒出來嗎？原來這一件還在啊？原來我還有這種衣服啊？雖然一年有四個季節在變換，但是一個家庭裡要出現一名能夠繼承的人，短則幾年，長的話，甚至幾十年都有可能。」

「還是一直在強辯呢。」

「沒有證據就想設陷逮捕無辜的人，難道就不是強詞奪理了？」

朴檢察官露出微笑，身體向後完全地靠在椅背，把手上拿著的筆摔到了文件上。

「我很瞭解像徐翰烈先生這樣的人。」他奚落人時的那張嘴，和他粗俗的語氣一樣地扭曲。

徐翰烈絲毫沒有動搖地歪著頭，一副那我就聽聽看你怎麼說的模樣。

「因為投了一個好胎，活到現在大概沒吃過什麼苦，人生一路順風順水的是吧？然後不免開始覺得太過順遂的人生實在是枯燥乏味，習慣了處處受到優待，不管在哪裡都理所當然地感覺自己高人一等。不想去當兵，反正就算稍微不遵守法律，家裡也會幫忙關說和收拾殘局，所以天不怕地不怕的。像現在不就是在硬撐著，打算拿到無罪釋放或緩刑的判決就沒事了，不是嗎？」

徐翰烈聽了之後臉色沒有任何變化，只是哧地笑了一下，在嘴裡唸了一句讓人聽不真切的自言自語：「還真是狗嘴裡吐不出象牙來」。他重新調整了坐姿，開口叫著「檢察官」的時候，臉上還帶著笑。

「在最近這種平民難出頭的時代，像你這樣手無寸鐵的也敢穿上法袍，已經很值得鼓勵了，但是如果因此而自卑心作祟，那就失去魅力了啊！放輕鬆，差不多就好了嘛，做人要懂得機靈一些。能拿的就拿，該享受的就享受，這樣不是都很好嗎？何必去庸人自擾，白白浪費精力呢？」

朴檢察官憤怒地拍桌，力道之大，震落了幾張堆疊在桌上的文件。然而徐翰烈卻連一點退縮的跡象都沒有表露出來。

「檢察官如果真的想把我抓進去的話，不要只會坐在這裡耍嘴皮子，要把證據拿出來。我究竟有沒有出入過那間別墅、我是否知道徐宗烈在嗑藥還提供幫助、我到底有沒有積極參與其中、我體內的毒品反應檢測、車輛移動紀錄、移動路徑上的所有監視器、別墅周圍的監控攝影機、行車紀錄器，全部都把資料給找出來，這才是正確的程序與原則！」

「你現在是在教我辦案嗎！」

「我是要忠實地為自己辯護，您怎麼生氣了呢？」

朴檢察官像是氣到說不出話似的，短促地哼笑了起來。但是他抽搐的眼皮和變得僵硬的下巴，讓他面部的表情笑也不是、生氣也不是，模樣尷尬不已。

這時，門外響起了敲門聲。即便未徵得朴檢察官的同意，訪客毫不猶豫地開門走了進來。見了來人，朴檢察官的臉上立刻沒了血色。

「朴檢，不要這麼拚啦！」

「前輩好。」

「你在這裡面鬼吼鬼叫的，外面都聽到了。不要這麼激動，跟你說過要保持冷靜。外面來了一堆記者，你也顧一下我們地檢署的形象吧？」

正在滑頭地給予建議的，是朴檢察官的直屬上司——副檢察長尹一昊。他的登場使得原先緊繃的氣氛一下子和緩下來，朴檢察官卻因此有些不滿。

「現在正在進行重要證人的調查，若您沒有其他要事……」

「我也不想打擾你們啦，是檢察長要找你。」

尹一昊頭朝門外的方向擺了擺，一副要對方趕緊過去的樣子。朴檢察官用可怕的表情瞪著徐翰烈，吁嘆了一聲才從位子上起來。尹一昊拍拍他的後背：「別擔心，我會替你好好照顧證人的。」根本沒有安慰到他的意思。朴檢察官拿起了外套，直到走到門口，他的視線都還緊盯著徐翰烈不放。

「快到午餐時間了，需要吃點東西嗎？」尹一昊裝出稱職的代理人模樣。

「很抱歉，因為體質的關係，我不能隨便吃來路不明的東西。」

徐翰烈的回嘴讓尹一昊哧地笑了出來。朴檢察官大概也聽見了，離開時用力地發出　的關門聲。慢吞吞翻閱著文件的尹一昊加深了臉上的笑意。

「他在我們地檢署是出了名的死板。」

「是把自己搞得很累的類型呢。」

「看得出來是吧？」

尹一昊笑笑地轉向了窗戶的方向，他撐開了百葉窗的葉片，向外看去。大樓前方，記者們排出了長龍般的隊伍。大清早就出門工作的他們正隨意地坐在台階或地板上，一心等待著熱鬧登場的徐翰烈再次出現。等待的期間，他們充填飢餓的肚子、寫著報導、講講電話，各自打著各自的仗。

「你啊，」尹檢察官發出了嘖嘖聲，「就叫你低調地進出了，誰讓你給他們放消息的啊？」

「我什麼都沒做啊。」

「睜大你的眼睛看看，你這哪是被檢方傳喚的傢伙該有的打扮？」

「什麼時候檢察署還有著裝守則了？」

「你都沒看新聞嗎？要像個來赴死的人一樣，化妝也要盡可能顯得憔悴，什麼造型都不做地登場依舊是現在的潮流趨勢！至於口罩、輪椅和吊點滴的造型則是附加選項。」

「宗烈來的時候有這樣嗎？」

「你怎麼好像很期待？」尹檢察官笑了起來：「要不要喝點什麼？」

「不用了，還是快點結束吧。昨晚沒睡好覺，頭開始痛了。」

「你才剛進來沒多久，就想著要溜了啊？太快出去的話，拍起來的畫面也不好看不是嗎？」

「我不是證人嗎？越早出去不是越好？還是怎樣，你也要把我綁起來嗎？」

「這個嘛，要視情況而定囉。」

尹檢察官泡著咖啡，露出令人討厭的怪笑。他往小小的紙杯裡倒了兩包的三合一咖啡粉。徐翰烈拿起了放在桌子一側的魔術方塊把玩。那是標準的六面正方形魔蝶圖案，每一面都裂成了蝴蝶的形狀，實際上等於被分割成了十二個區塊。徐翰烈變換角度端詳著方塊，然後把它旋轉開來。原先整齊的立方體轉出了不規則的奇特形狀。不過就轉動了幾下而已，每個平面的圖形已被徹底地混淆打散，變得難以看出它本來的模樣。

「所以這是誰設的局？」

徐翰烈丟出了問題，手上一邊拼轉著形狀詭異的魔術方塊。大口喝著濃稠咖啡的尹檢察官做出一個無辜的表情。

「設什麼局？這叫作認知調查啦！」

「老頭突然倒下，公司正在為了經營權的繼承爭吵不休的時候，偏偏就那麼剛好地爆出了事件，你說這有可能嗎？」

「碰巧這時機就是這麼剛好啊！」尹檢察官笑嘻嘻地回到了座位。

真是老狐狸一隻。徐翰烈從小和尹檢察官家裡就經常往來。會受到政府政策基調影響的家族企業有個特性：必須和某些領域打好關係。像是國防部、國土交通部、立法委員，還有司法部的核心——也就是法官。尹檢察官身為家族第三代的法律人，和徐翰烈兩家有著密不可分的共生關係。說好聽一點是朋友、自己人、是友軍，實際上，只是互相合作利用的夥伴而已。

今天之所以會是這副局面，是因為徐翰烈比尹檢察官小了將近十歲左右，比起他，尹檢察官和徐翰烈的姊姊徐朱媛的身分更為相近。如果徐翰烈的利益與尹一昊的利益能夠達成一致，那麼當下眼前的這個調查，就會朝著完全不同的方向去進行，被當成證人傳喚至此的，也就不會是徐翰烈了。

徐翰烈笑著說了一句：「還真是有趣呢。」

「怎麼知道宗烈在嗑藥的？」

「誰不知道？大家口耳相傳，總是會有風聲走漏的嘛。」

「聽說這次還去現場突擊了？」

「啊，我這次接收到了非常可靠的情報！但是按照調查規定，我不能告訴你來源。」

「我好像知道是誰，太明顯了。」

「那你也應該知道要做怎樣的陳述了吧？」

「再說吧。」

「幹嘛這樣？放心啦小子，不會連累到你的。」

「那你們是想要弄誰啊？反正老頭到最後還不是會把宗烈給救出來。」

「這次就算是你們會長大人也難救了。法律在對待所謂的慣犯可是很嚴厲的，趁這時糾正一下徐宗烈的毛病剛剛好。」

「毛病挑了難道他就會改變嗎？我們家老頭也是一個樣，還有董事會裡的老人，每個還不都是嚴重的父權至上主義者。」

「你姊姊也不是好惹的，她動手前會沒考慮到這些嗎？徐宗烈只不過是用來殺雞儆猴，說不定她名單早就都列好了。處理完徐宗烈，再來就繼續把不聽話的傢伙們，脖子一個接一個地扭斷。從採購舞弊到承包商收賄、性招待、甚至籌措秘密資金，這些有的沒的骯髒事他們幾乎都幹過了，所以大概沒幾個能全身而退的。你們會長，還有那些分別佔據著公司上位的大佬們，他們會害怕自己親手建立起來的公司倒閉、會擔心自己哪天位子不保，但是徐朱媛她又不管這些。」

「也是，就她那個脾氣。」

「至少你該感到慶幸吧？畢竟跟她是同一個肚子生出來的，徐朱媛一定很愛護你吧？」

此時，徐翰烈剛好轉動最後一步，將魔術方塊拼回了原本的模樣。他拿在手上把玩欣賞，一邊嘀咕道：「要不我趁這次機會乖乖地配合，討一下她的歡心？」

「哦，你終於懂事了嗎？」

「不是，正好相反。」語畢，徐翰烈馬上將手裡的魔術方塊丟給尹檢察官。

糊里糊塗接過魔術方塊的尹檢察官於是問道：「什麼意思啊？」表情由衷地感到好奇。徐翰烈沒有回答，彷彿想到了什麼似的，先前一直索然無趣的臉龐，此時綻開了一個神秘的笑容。

——過去——

那是他們時隔半年來的見面。一邊抽菸一邊講著手機的徐朱媛注意到徐翰烈走近，立刻把手上的菸給捻熄。她揮手散著周圍的菸氣，用下巴對著徐翰烈指了下對面的座位。十九歲的徐翰烈靜靜地坐在那裡，等待著她把電話講完。

徐朱媛不停在壓低聲音，不耐地回嘴。深深皺起的眉頭，代表了某件事並沒有按照著她的希望進行。搓揉著額頭的指尖上，正透露著前所未有的焦慮與不安。

「所以咧？」

「結果還是進來了？」

徐翰烈從她複述的語氣當中，多少能感受到她的無奈和煩躁。手機裡時不時傳出來的聲音聽起來頗為耳熟，應該是姑姑，徐翰烈想不起來上次跟她面對面地直接碰面是什麼時候了。

他一臉無聊地坐了一會，招了位服務生過來。他想要點個飲料喝，徐朱媛這時卻突然出聲攔截，擅自點了一杯礦泉水，然後才繼續講著她的電話。

「還能怎麼辦呢？如果是家裡大人們的選擇，那我也沒辦法啊。」

徐朱媛真的發火的時候，不會高八度音，反而會壓低聲線。因此，徐朱媛現在正在生氣，臉上也能明顯看出疲倦的神色。看來似乎並不是因為時差或長途飛行的緣故。

徐翰烈把丟在桌子一角的香菸盒拖放到了徐朱媛的正前方。徐朱媛擺弄著菸盒，一邊盯著徐翰烈，然後忍不住深深嘆息，再度別開了視線。

「不是覺得沒事，我剛剛不是說了，我們就是沒有辦法啊！事到如今，難道我還要把她趕出去嗎？」

姑姑單方面的控訴持續了一段時間。徐朱媛偶爾會看著徐翰烈，焦躁地摸撫著一根香菸。儘管徐翰烈示意她「抽啊」，她也只是把菸捏得緊緊，沒有放到嘴裡。她最後吐出的那句「我知道了」，簡直像在嘆氣似的，聲音滿是無力。

「總之，我會帶著翰烈趕快回去的，在那之前請幫我好好看著她。」

差不多在這時，服務生送來了礦泉水。徐翰烈將服務生倒好的水推給了徐朱媛，徐朱媛沒有拒絕，一口氣喝了解渴。

「又是什麼事要這麼生氣？」

「爸有女人了。」

徐翰烈聽了點點頭，沒什麼大不了的意思。雖然是十九歲的稚嫩年紀，對於父親年復一年地變換著對象，他並沒有感到太過驚訝。經歷過一次大事件後，對於一般性的刺激，自然起不了太大的反應。沒有什麼事會比小小年紀就突然失去父母更要來得衝擊。

相反地，徐朱媛卻是會刻意去針對父親交往過的每個女人。徐翰烈是覺得大人應該有我們無法明白的某些理由。但比起小了十一歲的弟弟，徐朱媛對已故母親的感情或許是更為深厚。會讓她感到憤怒的點，幾乎都與她的母親有關。母親過世都還不到一個月，父親就在和別的女人交往、竟然還打算讓那樣的女人取代母親的地位！偏偏每次挑的女人還都是母親的朋友！

「怎麼了？又是跟徐大尉妳差不多年紀的嗎？」

「三十歲後半。」

「至少這次還算有點良心？」

「那也只和我差九歲而已。」

「又不是要叫她媽媽，差幾歲有什麼關係。」

「那女人已經搬進來了。」

始終神色如常的徐翰烈稍微睜大了雙眼。雖然父親在母親過世之後，甚至是之前就不斷地變換著對象，但是父親過去從來都沒有讓那些女人進到家裡來。姑且不論徐朱媛的反對，對於此事，爺爺也尚未表示同意。由於這次算是破天荒的例外，姑姑和徐朱媛反應會如此激烈也不是沒有道理。到了這個地步，徐翰烈對於父親的新對象也開始產生好奇了。

「她是做什麼的？」

「沒有工作，也沒有積蓄，高中都沒唸完，除了外表一無所有。不知道她怎麼保養的，聽說完全看不出來是將近四十歲的人。」

「那個人本來看女人就是只看臉的，外表就算了吧，她是怎麼進門的？難道懷孕了嗎？」

「沒有，應該沒有懷孕。雖然的確是還能懷孕的年紀，說她看起來很健康。」

「就這樣而已？」

「是她運氣好吧，這時機點可以說是再巧妙不過了。」

徐朱媛意味深長地看了徐翰烈一眼。徐翰烈一下就明白了她的意思，發出了低聲的輕呼。徐朱媛持續擺弄著那根不抽的香菸。

「說她有小孩，一個兒子，兩個女兒。」

「他們也都被帶過來了？」

「爺爺怎麼可能會允許？」

「不然咧？」

「為了飛上枝頭當鳳凰，把自己的小孩都拋棄了吧。」

徐翰烈哇了一聲，笑了出來，發出由衷的讚嘆。徐朱媛再次皺起眉頭，揉著她的太陽穴，聽到徐翰烈說「妳就抽吧」，才終於將那根菸放進了嘴裡。煙霧剛升起，就被她用手散去。

「妳就那麼討厭她嗎？」

「不然呢？她又沒有半點讓人滿意的地方。」

「看來徐大尉妳今天來這裡根本不是為了接我，而是來妥協的啊？」

「你能接受嗎？說不定突然就要多一個和你同年紀的兄弟了。」

「他和我同年？」

「她大兒子和你一樣高中三年級，好像有聽說休學休了一年。下面的兩個妹妹，應該一個國中生，一個在讀國小吧。你知道更好笑的事情是什麼嗎？」

「什麼？」

「聽說他們三個長得一點都不像。」

徐朱媛一副感到很無言似的咂著舌。徐翰烈抿唇而笑，詢問她有沒有那女人的照片，展示出了高度的興趣。徐朱媛說著「我怎麼可能會有」，輕斥了弟弟八卦的好奇心。

「那妳看過他們嗎？」

「看過誰？」

「那個女人留下的孩子們。」

「只看過照片。」

「看起來怎麼樣？」

「還能怎麼樣？男生長得滿正常的，好像是一個不去學校也不回家的問題學生。女生們……唉，她怎麼有辦法丟下還那麼小的孩子呢？我實在是無法理解……」

「我想到一個有趣的點子。」徐翰烈打斷徐朱媛的話，咧嘴笑了起來。

徐朱媛捻滅了手裡的菸，習慣性地揮開剩餘的煙霧，「別老是想著胡鬧」，她劃出了界線。

「妳都還沒聽咧，就說是胡鬧。」

徐朱媛雖然臉色不太好看，還是抬了一下下巴，示意徐翰烈說出來聽聽看。

「送我去那女人兒子讀的那間學校吧！」

「聽了之後也覺得你是在胡鬧。」

「學生要去學校上課拿文憑，怎麼會是胡鬧？」

「不行，你這麼快就忘記你是為何放棄學業回國的嗎？在家自學的時間表也都安排好了，還特地聘請了專業的老師。你回來韓國就是要好好讀書，參加考試，拿到畢業證書後上大學。想玩的話等你成年了、不需要監護人的同意了，到時候再去玩吧。」

「我先去學校試看看，如果覺得真的不行，到時候再換回這個自學什麼的方式也可以的嘛！」

「都說了不行了。」

「徐大尉這麼不肯配合，我又怎麼會願意幫助妳呢？」

「到底都是誰在幫助誰啊？」

「我會去跟爺爺說清楚，說我不想要有繼母！」

「……」

「然後我會好好吃藥，讓身體變健康，這樣好不好？」
「徐翰烈，你到底在打什麼鬼主意？」
「我只是，突然覺得很好奇。」
看著稚嫩的弟弟，徐朱媛的眼中盡是深深的懷疑。徐翰烈無邪地面帶著微笑，興奮地補充道：「對那個被爸爸的新女人給拋棄的兒子感到好奇。」

他們整整坐了五十分鐘的車，才抵達位於京畿道郊區的學校。學校成立在一個一般典型的普通住宅區內。這間學校的教育熱忱稱不上有多高，每年度能考進首爾的國立大學的學生數屈指可數。由於是透過地方上的力量而創辦和維護的私立學校，教師們透過繳交學校發展基金，或是經由人脈介紹因而錄用的例子不計其數。說到特色的話，恐怕只能說學校有個室內游泳池，還有他們的柔道和網球隊在全國比賽中成績還算出色。
一抵達學校，已有一位老師來到校門口迎接。他介紹自己是學校的營運經理，隨即將徐翰烈和徐朱媛帶到了校長室。途中行經走廊時，他不忘大肆炫耀著隔著窗戶隱約可見的那個室內游泳池，讚揚著理事長的用心，說這純粹是為了學生的福利和休閒活動而興建的設施。對於徐翰烈提出「泳池現在是否有水」的疑問，他則是用天氣還太冷的藉口矇混了過去。

校長的辦公室裡，除了校長以外，還有一名學生主任[1]和老師，這位似乎就是徐翰烈未來的班導師了。校長從座位上起身，熱情地接待他們。

「唉呀，歡迎歡迎，我一直期待著你們的到來。」

「你好，我是徐朱媛。」徐朱媛率先伸出手來，校長用他胖胖的手握了上去。

「願意選擇我們學校已經很感謝了，您甚至還提供了那些發展基金。」

校長對於這位並不年長，甚至可以說是非常年輕的監護人，仍是毫不猶豫地使用了最高級的敬語。他的臉上掛著誇張的笑容，以至於顯得有些諂媚。徐朱媛沒有賣弄謙虛，彷彿這一切待遇都是理所當然，她直接在沙發上坐下，僅向對面的學生主任和老師點了下頭。兩人也默默地對她點頭致意。

「啊，為您介紹一下，這位是劉善花老師，之後就是徐翰烈同學的班導師了。老師教的是英文，從美國的大學畢業，所以英文幾乎可以說就是她的母語。

1 職務等同訓導主任。

這已經是她第四次擔任高三生的班導師了，這件事不對外公開說的，但是只要是劉老師帶的班級呢，讀書風氣一直都是非常地好！首爾地區的大學率取率也都是最高的！」

「您認識白尚熙嗎？」徐翰烈突然間插話道。

正一臉得意的校長表情變成了疑惑，立即轉頭看向另外兩個人。學生主任和英文老師互相交換了一個難以言喻的眼神。隨後，選擇開口回答的人是學生主任。

「你們是彼此認識嗎？」

「不認識。」

「那你怎麼會知道這個名字的？」

「我就是知道。」

面對如此唐突的回答，學生主任一時神情竟顯得茫然無措。英文老師和他兩人往來的視線之間帶著某種含意。而徐朱媛僅是沉著臉看向徐翰烈，並沒有要直接阻止他的意思。

「我想和他同一班，他也是三年級的對吧？」

校長又來回地看著那兩個人。見英文老師用相當嚴肅的表情搖了搖頭，校長便呵呵地笑了起來，安撫著徐翰烈。

「徐翰烈同學，我們學校為了讓你能更加適應校內氛圍，專注在學習上，特別為你安排了這個班級。你現在是考生的身分，仔細想想，正處於人生當中最重要的階段，不是嗎？由於你在國外留學時間較長，勢必會對韓國的生活感到陌生，也會在意和同年紀朋友之間的相處，所以為你選了一個盡量安靜、沒有問題的班級……」

「所以他在的班級問題很多嗎？」

「沒有，我不是這個意思……」

校長面露尷尬之色地望著徐翰烈，眼神透露出期盼徐翰烈能被他說服的目光。校長還不忘補充說學校絕對沒有校園暴力或霸凌此等問題，請他們務必放心。

徐朱媛低低嘆了口氣。

「請問那個班級的學生人數已經滿了嗎？」

意料之外的問題讓校長再度望向老師們。營運經理迅速至極地翻閱查看著資料，回覆徐朱媛說：「沒有滿。」校長聽了，隨即表示他的擔憂。

「儘管如此……這樣……您沒關係嗎？」

「這是當事人的意願。」

連監護人都這麼說了，校方也沒有繼續勸說的立場。校長默默地點點頭，然後開口道：「劉善花老師可以先離開了。」差點成為班導的英文老師站了起來，對著校長和徐朱媛微微點頭示意。隨著門被開啟和閉上，空氣變得有些混濁，徐翰烈這時再度開口。

「我在來的路上有看到游泳池。」

「原來你看到啦？那是我們學校最引以為傲的硬體設施之一。」

「但是聽說裡面還沒有裝水……」

「喔，那個啊，因為現在還很冷嘛，而且維護設施也有很多有的沒的事情需要費心。」

徐翰烈默默地看向了他姊姊。

徐朱媛毫不費力地讀懂了他的意思。

「如果是經費的問題，我想我們可以支援一下那個部分。」

「不用、不用，沒關係的。您有捐助學校發展基金就已經很足夠了。」

「如同先前跟您提過的，我們翰烈需要維持規律的運動習慣。其他運動可能會有困難，但是游泳是沒有問題的，而且他本人也還算是喜歡下水。剛好學校也有這樣的設施可供使用，我才會如此向您提案。在每天換水和清掃的條件下，我們願意提供此後一年期間的所有花費，若是缺乏設施維護所需相關人力，那麼也可以由我方來雇用支援，條件是其他學生只能在課後時間來使用。」

「啊哈哈，既然您都這麼說了，我會考慮看看的。」

校長並沒有直接拒絕徐朱媛的提議。其實根本沒有什麼理由好拒絕，像游泳池這類設施，越是放置不管越難以維護，只會不斷耗損而已。那些用盡開銷的空間大抵都是如此。

此時傳來一陣敲門聲，有位老師進了辦公室。看起來三十多歲，是位儀表堂堂的男老師。他穿著一件棉質T恤配上運動褲，脖子上還掛著口哨，因此不難猜出他所教授的科目。營運經理代替校長為他們做了介紹。

「沈老師，請到這裡來。我來介紹一下，這位是十一班的班導，沈宇赫老師。負責的是體育科目，雖然這是他第一次擔任高三的導師，但是他可是非常具有教學熱忱。」

和營運經理的形容完全相反，糊里糊塗被叫來的導師還搞不清楚狀況的樣子，只顧著點頭行禮。簡短點頭致意後的徐朱媛無奈地向徐翰烈使眼色，她那不爽的眼神中蘊含了無數的叮嚀囑咐和埋怨之意。

徐翰烈根本不管他姊姊，他小聲地哼著歌，一邊翻閱著學校的宣傳手冊。

「來，這位是今天剛來的轉學生，名字是徐翰烈，他在美國留學了很長一段時間，所以大家要多關照他，讓他好好適應這邊的生活。」

班導師的介紹簡單明瞭，只補充問他說還有沒有什麼特別想說的話。徐翰烈搖了搖頭，之後就和所有看著他的同學們面面相覷著。找不到幾個友好的眼神，那些強烈的視線絕非純粹的好奇心而已。徐翰烈絲毫不理睬這些密密麻麻向他投射過來的目光，他唯獨想著：白尚熙人有在這裡嗎？

「那你先坐在那裡的空位吧。」

教室有兩個空位，徐翰烈朝著老師指的那個方向走去。在他經過同學們座位的期間，不斷有凝視他的目光跟隨著。在他座位後方的傢伙們甚至有人直接盯著他的臉看，然後發出嗤嗤地嘲笑聲。徐翰烈覺得無所謂。他放下書包環顧著四周時，班導師開始用著漫不經心的語氣早點名。

「有誰沒來的嗎？」

「白尚熙！」

答案立刻出來了。同學當中沒有讓徐翰烈特別感到驚豔的對象，他還以為白尚熙或許長得意外地普通不起眼。得知他根本沒來的消息後，徐翰烈一下子地洩了氣。班導師僅是稍微抬了下頭，確認白尚熙空著的座位，在出席紀錄表上做記號的手勢和表情是那麼地無關緊要。班級的氣氛正如預料之中，不論是自習時間還是在課堂上，根本沒有幾個人在認真唸書。大部分不是在趴著睡覺，不然就是一群人明目張膽地在那邊談天說笑。不管是什麼科目的老師，一踏進教室門口就開始嘆氣。反正也沒有人在聽課，老師們總像是在自言自語一般叨唸著，唸完就下課了。轉學來不到一天的時間，徐翰烈很快地明白，分配班級時那些老師為何會面帶難色了。

從第三天開始，徐翰烈一到學校便直奔游泳池。當初校方吹噓到不行的優良設施，事實上卻相當的老舊不堪。如果不是徐朱媛有先找人來整理的話，徐翰烈根本連腳趾頭都不敢伸進水裡。他毫不猶豫地脫掉制服和內衣褲，跳入了水中。按照約定，在放學之前，這裡是純屬於徐翰烈一個人的空間。從那一頭到這一頭，他有時就像在比賽似的奮力衝刺，有時又悠然自得地划水漂浮。徐翰烈運動著身子，直到筋疲力盡，憑著這股疲憊感睡一覺醒來的話，沉重的頭腦馬上就能感到輕盈起來。等他沖完澡回到教室，已經差不多是第三節課開始的時間。每次他有意識地朝白尚熙的位子看去，那裡總是空空如也。到底還來不來學校呢？徐翰烈開始覺得空虛無聊了，不但見不到他無比好奇的對象，不想要的黏膩目光還總是停留在自己身上。

班上的同學就不用說了，連在學校裡遇到的每個人，似乎都對他這個轉學生有興趣。無論是他每天早上坐著司機駕駛的高級轎車來學校，或是上課時間獨自在游泳池消磨時間的特權，肯定都是非常引人注目的。從他漫長的留學生活、財閥子弟的背景，甚至他轉學過來的原因，全部成了八卦謠言的素材。徐翰烈出眾的外貌更是引起了極大的關注。時不時會有不認識的傢伙找來，向旁人確認著「就是他嗎？」，只不過，至今誰也不敢貿然前來直接跟他搭話。

「……欸，欸！」

某天的午休時間，徐翰烈正望著窗外發呆時，聽見了怯怯的叫喚聲。他回過頭，一道巨大的陰影立即籠罩在他的臉上，眼前這個傢伙身材明明如此魁梧，看起來卻膽小到不行，他胸前別著的名牌寫著「李東炫」。徐翰烈頭歪歪地望著他，一副你有何貴幹的模樣。

李東炫表情很是為難地向後方瞥了一眼。後面有一群動不動就聚在一起嘻笑怒罵的傢伙們，正在等著看他好戲。那群人用眼神威脅李東炫，催促著要他動作快點，還有人舉起手，作勢要揍他的樣子。

「小、小、小美人！」

李東炫被那群人推著背強迫之下，艱難地開口，連嘴唇都在發著抖。聽到這麼突兀的稱呼，不只是那群傢伙，連旁邊圍觀的人也都發出了譏笑聲。李東炫的臉已漲得通紅，額頭上不知不覺掛滿汗珠。他的手搓著自己的襯衫制服，像是好不容易終於下定決心，緊緊閉上雙眼。

「你、你也、開過苞嗎？」

李東炫大吼的聲音連走廊上經過的人都忍不住側目。在他背後操縱的那群人於是一齊拍手哄堂大笑。李東炫如同遭到了羞辱一般，渾身顫抖了起來。急促不穩的呼吸聲在徐翰烈的耳邊刺激干擾著，然而，他沒有受到半點的影響。

「What an idiot.」

彷彿在吟詩般的低語，不帶一絲溫度。「他說了什麼啊？」那群人竊竊私語討論著。還把膽怯不安的李東炫給叫了過去，質問他徐翰烈到底是在說什麼。一聽到李東炫也不知道答案，那群人便毫不留情地臭罵他，賞了他後腦杓一個巴掌。氣氛變得越來越緊張，連圍觀的同學們也紛紛收回了各自視線。對於李東炫所遭受到的殘酷暴力行徑，徐翰烈同樣沒有干涉之意，他打從一開始就對這些沒有興趣。

任何地方都存在著一個隱性的階級排行，尤其雄性動物們聚集之處更是如此。那些身材矮小、膽子小，或傻氣的傢伙們不論去到哪裡，都理所當然地成為被使喚欺負的對象。李東炫正是這樣的角色。班上最有勢力的那群小團體使喚他去買吃的，如果沒有在五分鐘以內回來，就是對他各種找碴。沒事就打一下他的後腦袋，或是毫不猶豫地用手肘撞擊他。同班的同學們儘管明知有這樣的情況，卻都裝作沒看見。偶爾正巧對到了眼，還要刻意陪笑，卑微地迎合討好那群人。

那群人連上課時也不安分，尤其輪到女老師上課時，情況更為嚴重。有的直接睡一整堂課，或是不停講話聊天、互相丟擲東西、不斷地惡作劇，有次還把新上任的數學老師直接惹哭。徐翰烈依舊毫不在乎，只要這群人沒有對自己造成危害的話，怎樣他都無所謂。

下課休息時間，這些傢伙還偏要擠在空間狹窄的教室後方踢球，想當然，椅子桌子免不了遭到他們的橫掃，球不長眼，有時還會飛擊到無辜同學的頭上或身體上。這種時候，那些傢伙只會笑笑地說「抱歉啊」，但是並不會停止他們的行為。

有一天，扔出去的球打在了李東炫的頭上，但是他竟然毫無反應，彷彿沒有發生任何事的樣子。那群人嘻嘻哈哈地覺得好玩，這一次更用力準確地朝著他砸去。球擊中了李東炫的肩膀、手臂和後腦杓，反彈到隔壁徐翰烈的桌上，才掉落在地。小團體當中的一人於是搖搖擺擺地走近。

「唉唷，對不起呀！可以幫我撿一下球嗎？」

徐翰烈盯著那個傢伙看，然後從位子上站了起來。「撿一下那顆球」，再度開口的傢伙對上了徐翰烈冷冰冰的表情時，挑了下眉頭。

「怎樣？我他媽就是在瞪你，你想怎樣？」

「……」

對方突然就發起了挑釁。直直盯著他看的徐翰烈，緩慢地撿起掉到椅子底下的球，接著猛地把球丟到了開啟的窗外去。在一旁觀看的那群人紛紛咒罵著髒話，跑到窗邊探出了頭。從四樓向下墜落的球重重撞擊到地面，反彈起來，朝著操場的方向滾去。旁邊目睹了這一切的某個傢伙一邊罵道「你這個瘋子」，一邊朝著徐翰烈衝過來。然而，他連徐翰烈的衣領都還沒抓到，「啪」，一道摩擦聲劃破了空氣。一時之間，周圍全部安靜了下來。偏過臉去的傢伙激動地喘著粗氣，回過頭瞪著徐翰烈。就在這時，再一次響起了「啪」的聲音。眾人目瞪口呆地看著眼前的這一幕。太過出乎意料的發展好像害得那個傢伙腦袋當機無法思考。他還沒來得及了解情況，又被打了一巴掌。挨了打的傢伙雙手捂住了自己的臉頰，怒瞪著徐翰烈。眼眶下的皮膚因為屈辱感和憤怒不停地抽動，兩眼甚至還隱約閃著淚光。

「操你媽的！」

人群中，有人衝向了徐翰烈，徐翰烈推開了那人踩著的桌子，毫不費勁地就讓他摔了下去。那個傢伙摔了個四腳朝天，後腦杓狠狠地撞在了地板上。這時，有人越過地上這個扶著腦袋哀哀叫的傢伙衝了出來。徐翰烈微微避開了來人伸出的拳頭，對方卻因為揮空而重心不穩，被徐翰烈趁機踹中了屁股，衝擊力使他掃過了一排桌椅之後才倒下。桌上的書和筆袋之類的物品還一股腦地砸在了他的臉上。由於這場突如其來的衝突，不僅是班上同學，被他們的騷動吸引前來看熱鬧的人們，全都擠在了前後門和走廊的窗邊上。

圍觀的人全都看傻了眼。畢竟，徐翰烈根本也沒用到多大力氣，竟然易如反掌地撂倒了那幫大聲叫囂的傢伙們。雖然不太確定，但他似乎是懂得一些防身術的要領。

其餘剩下的傢伙眼見有這麼多人在看，焦急地同時一齊衝了上去。徐翰烈舉起身旁的椅子，毫不遲疑地揮動著。被椅背和椅腳給揮打到的傢伙們發出啊、啊的痛叫聲，躊躇著不敢再次向前。

忽然間，徐翰烈將椅子扔向了那群人之中的老大：林燦盛。來不及閃躲的林燦盛被擊中了頭部，向後倒下。徐翰烈緩步走到他的身邊。林燦盛癱倒在地，用手按壓額頭傷口流出的鮮血查看著，嘴裡一邊髒話連發。見這傢伙還想起身，徐翰烈一腳踹了他的肩膀，將他踩在地上，然後朝著他的頭就是一陣踢。連旁觀的傢伙們也都忍不住發出低吟，選擇別過了頭去。血從林燦盛的鼻子裡瞬間湧出。即使如此，徐翰烈仍然沒有停下他的腳部動作。林燦盛被踢得滿嘴血肉模糊，直到牙齒都斷裂了幾顆出來，殘酷的暴力行徑仍持續進行著。

原先那群傢伙裡，一個個挨了揍的只在一旁嚇得發抖，不敢貿然插手。直到鐘聲響起為止的那短短幾分鐘，感覺比過去的任何時刻都要漫長。林燦盛護著頭部的兩隻手終於脫力地鬆開在地板上。

「再有下次，我真的會宰了你啊。」

徐翰烈警告完昏厥的林燦盛之後，若無其事地回到了自己座位上。這時，老師們也開始催促著走廊上的學生們快回到教室去。看熱鬧的人們彷彿浪潮退去般，紛紛回到了自己的班級或是座位，而徐翰烈的身邊卻沒有半個人敢靠近。像是強颱過境的教室裡，只有徐翰烈還是維持原樣地毫髮無傷。

單方面遭到毆打的林燦盛必須住院，另一個向後摔成腦震盪的傢伙也在家休息了兩天。儘管如此，沒有人對此事提出異議。除了因為這群人挑釁在先是事實，也由於他們原本就是大小事闖禍不斷的問題學生。還有一點就是，徐朱媛也向這些人的父母支付了超額的治療費。

從那天之後，失去了頭頭的那群人不再像過去那樣惹事生非。上課時間就默默地睡覺，下課時間還能聚在一起做的事，也僅止於對著路過的同學嗆聲說「看什麼看」，這種程度而已。然後，依舊沒有任何人要和徐翰烈說話。

✳

這一天，徐翰烈如往常般去了泳池。陽光燦爛明亮，徐翰烈於是不擦乾身體和頭髮，保留著濕潤的水氣在身上。身體在潮濕的狀態下，更能確實地感受陽光沁入肌膚的溫度。他在校園裡漫步悠晃著，直到覺得無聊了，才走進教室大樓。

經過走廊時，徐翰烈忽地向窗外看去。垂在窗前的櫻花樹枝像隻病入膏肓的黑色手腕，乾癟而細瘦。即便如此，隱約的花香縈繞在鼻腔之中，還益發顯得濃郁了起來。這不是孢子飛散時特有的那種異味，而是一種人工的香氣。是櫻花？茉莉？還是小蒼蘭？

正當徐翰烈無意義地探索著這熟悉的氣味時，一道影子翩然而至，隨之而來的甜蜜花香味也更加濃烈。徐翰烈不禁轉頭，望向那個即將擦肩而過的人影。進入他視野裡的不是對方的臉，而是歪斜的名牌。徐翰烈花了點時間才反應過來，眼前意外撞見的名字是哪三個字。

「……尚、熙？」

像魚兒呼吸似的，徐翰烈的嘴唇不自覺地張合。與他錯肩的傢伙打著大大的哈欠，稍稍回過頭來。這瞬間，一滴水珠從徐翰烈未乾的髮梢上滴落，濕潤的後頸肌膚起了輕微的雞皮疙瘩。

「你就是白尚熙？」

徐翰烈肯定地再次詢問，對方卻沒有回應，只是將肩膀又轉過來一些，和徐翰烈面對著面。他凌亂的前髮威脅到了眼睛，使得徐翰烈無法辨識出他的眼神。但是從他無表情的臉龐，和搔著眉毛的手勢，可以感覺到一股不耐煩的冷漠。那是對於同類毫不掩飾的漠不關心。與這樣的外觀極不相襯的，是他身上的女性香味，甜甜的花香在不知不覺中，竟令人引發出關於情色的遐想。

和預想之中的不一樣，非常的不同。徐翰烈不禁偷偷勾了起嘴角，心中浮現出一股奇妙的喜悅感來。

「沒錯吧？你是那個女人的兒子。」

徐翰烈的嘴角不由自主地揚起了笑。白尚熙這時終於抬起正眼瞧著他。烏黑的眼眸無聲打量著，懶洋洋的視線從頭到腳地掃過徐翰烈，冷冷地感受不到一絲溫度。白尚熙似乎無法辨認出徐翰烈的身分。等不到期待已久的表情反應，徐翰烈決定要多給他一些提示。

「突然就冒出一個媽媽來，我當然是會感到非常好奇囉。」

「……啊。」

白尚熙嘴裡緩慢地發出了感嘆聲，無動於衷地，表情和眼神沒有任何的變化。

「雖然不是什麼值得炫耀的事情，但我們家那位的標準可是很高的。他至今交往過的女人，幾乎都比你媽媽更年輕、更漂亮、更富有，甚至有些還是你一定聽過名字的藝人，但是他卻拋棄了這麼多的對象，選擇了你媽媽？」

徐翰烈諷刺著道。

「看來你媽媽大概是床上功夫很行吧？」

白尚熙這時靠了過來。巨大的存在感雖然的確使人畏懼，徐翰烈反而笑笑

地注視著他。但徐翰烈來不及從白尚熙隱約可見的雙眼裡讀出任何情緒，他的臉倏地往一邊撇去。還搞不清楚發生什麼情況，徐翰烈已經彎下腰，就這樣倒在原地。左側下巴火辣辣地疼，新買的制服上面被印了個黑灰色的腳印。徐翰烈表情呆滯地看著白尚熙。令人無言的是，此時白尚熙臉上還是平淡無波，找不出一絲一毫內心動搖或憤怒的情緒。

「什麼啊……」

徐翰烈氣極地笑了出來。就在下一刻，白尚熙的腳毫不留情地踩在徐翰烈的肩膀上，上半身被翻過來的同時，腹部就挨了一腳。徐翰烈的身體自動縮了起來，兩隻手臂反射性地抱住了悶痛的肚子。白尚熙再次踩住徐翰烈的肩膀，一等他身體張開，就使勁地踢著他的胸口。可能是肺部遭受了撞擊，徐翰烈一時之間無法呼吸。他掙扎著噘起嘴，盡量試圖吸進更多的氧氣。

這是白尚熙單方的施暴，不給徐翰烈任何防守的機會。然而，只能挨揍的徐翰烈，突然間抓住了白尚熙的腳，他用力一扯，失去平衡的白尚熙於是也倒了下來。被徐翰烈緊抱著一條腿，白尚熙仍然繼續用另一隻腳踹著徐翰烈的腦袋和肩膀。徐翰烈堅持著不願放手，卻被白尚熙一腳甩開，一把揪住了他的領口。

「你們在幹什麼！」

聽見走廊上的動靜聲，老師們趕緊跑來將白尚熙攔住。徐翰烈的身體被旁人給攙扶，一起身，鮮紅的鼻血就噴流出來。徐翰烈感覺身子像被輾碎過，渾身熱燙刺痛，關節都要散了似的。老師問著「你還好嗎」的聲音在他腦袋裡震耳地作響。

徐翰烈也顧不得要止血，就這麼瞪著白尚熙。方才他明明像是有什麼不共戴天之仇，對自己痛下毒腳，這時的白尚熙，竟然判若兩人地低下了頭。他如果氣憤到把自己打成這種程度的話，就算老師來勸阻，他也應該再次衝上來，因無法消解的憤怒而暴跳如雷才對。不然至少也該氣喘吁吁地一邊飆罵各種髒話，這才算是前後呼應的合理表現。然而，白尚熙卻像是跟他無冤無仇，彷彿什麼事都沒發生過，只面無表情地面對著徐翰烈。

第一個趕來的監護人是白盈嬅，保健室老師毫不懷疑地領著她就到病床邊。

顯眼的傷口貼上了OK蹦，肩上掛的是鬆垮的固定帶，徐翰烈還是沒有送去進行急救處置的狀態。

「我懷疑他的肩膀應該是脫臼了，最好是盡快送醫治療，但是翰烈又一直堅持說他不去醫院。」保健室老師交代了徐翰烈的狀況。

白盈嬅看起來很焦慮，從她短暫的沉默之中，可以感覺到她非常努力地在選擇適當的措辭。

「翰烈，我們先去醫院吧！」

白盈嬅沒有像其他的媽媽那樣，一來就問「怎麼弄成這樣」，也沒有氣憤地追問「是誰做的」，畢竟她沒有那個資格。走廊這時突然變得嘈雜，傳來一些說話聲和皮鞋的走路聲，隨後徐朱媛衝進了保健室，甚至還有律師陪同著。她直接越過了驚訝的保健室老師，一來就直接揪起徐翰烈的下巴，往左往右變換著查看他的傷勢。徐翰烈不開心地拍掉她的手。

「徐翰烈。」

「……」

「這是怎麼一回事？」

徐朱媛語調雖然低沉，如審視般的眼神相當地嚴厲。然而徐翰烈緊抿著唇，並沒有開口回答問題。他躲避著徐朱媛目光的側臉看起來悶悶不樂的，固執得很。徐朱媛發出了嘆息聲。

「為什麼不去醫院？」

徐翰烈怎樣都不肯回答，繼續迴避著自己姊姊的視線。煩悶的徐朱媛這才看向了在身邊的白盈嬅。她的眼神中帶著敵意，而白盈嬅就只是回望著她。沒多久，走廊上又是一陣鬧哄哄，向外看的保健室老師見到了來人，連忙道：「校長好。」徐朱媛雙手插著腰，回頭看著校長。

「聽說您抵達了，所以我趕緊過來看看。」

校長努力擠著笑，依序和白盈嬅還有徐朱媛打招呼。白盈嬅端莊地回以點頭禮，徐朱媛則是挺著腰桿直視著校長，由她身後的律師代為向前，遞給校長一張名片。校長斟酌著名片上的字意，尷尬地笑了笑。

「想必您一定很擔心翰烈同學的學校生活適應得如何，沒想到卻發生了這種不幸的意外，我真的感到非常地遺憾與抱歉。」

「您打算如何處理？」

「咦？啊，這個……」

「這個事件，您打算要怎麼負責？」

看校長的樣子，似乎想把徐翰烈遭受暴行之事，一樣當成學生之間的普通糾紛，沒有想要處理的意思，所以徐朱媛刻意用了「事件」這個詞來逼迫他。校長只是不斷地啊哈哈笑著，看著一起前來的學生主任，向他求救。

「那我們去校長辦公室談吧。」

學生主任試圖救場，這種問題確實也不適合在保健室裡討論。徐朱媛越過校長面前，率先帶頭離開了保健室，校長和學生主任隨即跟上前去。一直保持著沉默的白盈婞，這時再度開口向徐翰烈勸說。

「我們還是先去醫院治療吧，傷口不痛嗎？」

「那小子現在在哪裡？」

「誰？」

「妳兒子。」

白盈婞沒有回答，神色也沒有什麼改變。反而是在一旁看著這一切的保健室老師露出了訝異的表情。徐翰烈立刻從位子爬起身，儘管他的肩膀在喀噠喀噠地響，他也不管。

「你要去哪？翰烈啊！翰烈！」

白盈嬅簡直像跑起來似的，追在匆匆離去的徐翰烈身後。校長辦公室內可以聽見隱隱約約的談話聲，徐翰烈猛地推開了辦公室的門。坐在沙發上談話的校長、學生主任、徐朱媛和律師，都不約而同地轉頭往門口看。白尚熙人並不在這裡。

徐翰烈直接關上校長辦公室的門，然後開始往回走。回頭路上，雖然被白盈嬅抓住了手臂，但是他很輕易地就甩開了。走上階梯，他打開了位於二樓的高三教務辦公室的門，裡面有幾位沒課的老師，詢問他「有什麼事嗎」。然而，這裡還是不見白尚熙的身影。

徐翰烈不發一語地直接關上門，然後朝著走廊盡頭的學生辦公室而去。關閉著的滑動門被他一把拉開，他終於在裡面發現白尚熙的人影。白尚熙整個人靠著椅背坐在那裡，好像是已經挨了打，臉頰略微腫起，頭髮和制服也亂七八糟的。不過他的表情卻是一派平靜。

「……」

「……」

徐翰烈和白尚熙就這樣默默無言地互瞪了一段時間，不，應該說瞪人的只有徐翰烈而已。白尚熙的姿勢沒有任何變動，就只是遠遠地注視著突然闖入的徐翰烈。從他的眼中，無法找出分毫敵意或是激動的情緒。

「喂！」

徐翰烈叫他也沒有反應，直到白盈嬅不知何時追了過來，一邊喚著「翰烈啊」的時候，他終於有了動作。白尚熙鬆垮在椅子上的身體突然地前傾，儘管他起身走向徐翰烈的一系列動作不是多快，徐翰烈卻感覺他剎那間就來到了自己眼前。當白尚熙的影子落在自己身上時，徐翰烈不自覺地吞了口口水。他的腦袋快速地運轉，思考著如何才能使出對白尚熙造成傷害的一擊。

然而，隨著兩人距離逐漸拉近，白尚熙的視線開始越過了徐翰烈。甚至打從一開始，他眼神的焦點或許根本就不在徐翰烈身上。白尚熙和徐翰烈錯身而過，他走到外面，然後擋在白盈嬅的面前。徐翰烈沒想到自己就這樣被當成了路人，呆愣在原地的他無言地笑了出來，回頭看向白尚熙。

白尚熙和自己的親生母親面對著面，眼神沒有飄忽閃躲。別說是怨恨或憤怒了，連稍稍的煩躁都感受不出來，他的眼裡是完全的麻木無感。白盈嬅看著自己懷胎十個月生下的兒子，目光同樣也是冷淡淡的。多詭異的一幅畫面。但是，白盈嬅很快地意識到徐翰烈的視線，把白尚熙當成了不在場的人一般忽視。

「翰烈啊，怎麼還傻傻地站在這裡，不是說了你得快去醫院嗎？」

白尚熙抓住了欲朝徐翰烈靠近的親生母親的手臂，將她拉回到自己的面前。

「真沒想到，妳竟然就這樣趕過來了。」流瀉而出的嗓音沒有什麼高低起伏。

白盈嬅對他不予理會，只將自己亂掉的開襟衫稍微拉攏整齊，目光焦點早就從白尚熙身上移開了。

「妳還算是個母親的話，偶爾也回家看一下吧。我怎樣都無所謂，但是她們是女孩子啊！」

白尚熙眼神渺茫地俯視著白盈嬅，向她提出了請託。之後，他推開了毫無反應的白盈嬅，踩著沉重的腳步離去。在學校處分決定下來之前，想必老師是要他待在那裡自我反省的，但是白尚熙看起來對那種事一點也不在乎。

白盈嬅毫不留戀地將目光從她兒子身上移開，轉頭看著徐翰烈。她理了下耳鬢散落的髮絲，彷彿什麼事都沒發生般地神態自若。某種令人不悅的感覺沿著徐翰烈的後頸一點一滴地爬升，這對母子，無論是兒子還是母親，好像都把人當成什麼物品似的在對待。他嗤地發出一聲乾笑。

「這是怎樣啊？我的感覺為何這麼奇妙？」

「翰烈啊，你鬧了這麼久，現在該去醫院了。」

徐翰烈提起手臂，避開了白盈嬅朝他伸出的手。

「阿姨妳來回答一下，那個小子為什麼這樣對我？」

「哎，你還是先去醫院，不快點治療不行的。」

「不要轉移話題，趕快回答我啊！妳現在是在對我做什麼！」

「翰烈啊。」

「放手，我叫妳回答我啊！」

白盈嬅悄悄地要伸手挽住徐翰烈，結果被他猛然一把甩開。白盈嬅洩氣地垂下了肩，嘆了一口長氣。她稍微望向了別處，然後再次看著徐翰烈，視線裡有著無法掩飾的疲態。

「這位阿姨，聽說妳把妳的孩子都拋棄了？甚至連手機號碼也換了？他們跟妳連絡，妳都不回的，是不是？」

「……」

「那小子現在有話想單獨跟阿姨說，所以才……」徐翰烈話沒說完，突然間屏住呼吸停了下來。他把頭向後仰了下，待呼吸恢復平穩後，再次爆出了荒唐又無奈的笑聲。徐翰烈點了點白盈嬅的肩膀，後者看起來一點想反駁的意思都沒有。

「趕快回答我，那傢伙之所以這樣對我，就只是為了想把妳給叫來學校對嗎？」

徐翰烈一邊質問她的同時，也已經知道了答案。白尚熙只是想見一見自己冷漠無情的母親，而徐翰烈不過是他突然拿來利用的一個手段。這是徐翰烈生平第一次被打到見血，到頭來，原因竟不是出在自己身上。徐翰烈萬萬沒想到會是如此，感覺被狠潑了一身的冷水。

一種無法用言語形容的恥辱感壟罩了全身，讓徐翰烈根本無暇感受肉體上的痛楚。

徐翰烈已經好幾天睡不好覺了。每當脫臼的肩膀在痠痛時，總是會害他想起白尚熙。想起他無情地踐踏一個初次見面的人、想起他面無表情的臉，甚至見到自己母親後頭也不回離去的那個背影，全都牢牢地黏在了徐翰烈的腦海裡，沒辦法扒下來。未知的屈辱感使得他後頸發燙，心臟也怦怦直跳，速度快到令人不爽。徐翰烈明明不想這樣，自己卻無法停止這些念頭。就連那每天進出醫院病房的白盈嬅，也害得徐翰烈老是想起他。

「學校那邊希望能以校內懲戒處置，如果有需要的話，也可以讓他自動退學。」

即便提到了退學這樣的字眼，白盈嬅仍然是一副置若罔聞的樣子，神色如常地摸撫著徐翰烈的被子。徐朱媛亦是不願正眼瞧她一眼的態度，向白盈嬅宣告著自己的想法與學校立場不同。

「我會和金律師談一談，打算還是要讓他受到刑事上的處分。」

徐朱媛的表情比任何時候都還堅定。白尚熙所招惹的不只是徐翰烈本身，同時也觸犯到了徐朱媛的自尊心。她只要無聲地點一下頭，就能讓白尚熙再也無法出現在徐翰烈的視線裡。這樣的做法能讓白尚熙徹底明白，自己無意中惹到的人究竟是什麼來頭。她一直以來都是這麼做的。

然而徐翰烈就只是靜靜地在一旁聽著，好像在專心地思考著什麼似的。徐朱媛仔細觀察著弟弟的反應，向他確認他的想法。

「學校不用再去了吧？」

「我要去。」

「你都被搞成這副模樣了，還要去？」

「就是因為被搞成這個樣子才更要去。」

「徐翰烈。」

「不要煩我了。還有，那個傢伙也是。」

徐朱媛直接皺起了眉頭，表情像是聽見了什麼她無法接受的事情。徐翰烈表示出妳沒聽錯的態度，斬釘截鐵地繼續說道。

「妳就別管他了。」

「你現在說的這什麼……像話嗎？」

不自覺提高音量的徐朱媛暫時歇了口氣。用手掌揉了揉額頭，稍稍壓下自己上湧的情緒後，她才問道：「為什麼？」

「我會自己看著辦的。」

聽了徐翰烈的回答，只是讓徐朱媛感覺更加煩悶罷了。不願再多說什麼的徐翰烈戴起了耳機，一側的耳機立刻被徐朱媛伸手粗魯地摘了下來。

「你還想變得多可笑？被初次見面的傢伙打到肩膀都脫臼，還就這麼算了？」

「我哪有說要就這麼算了？」

徐翰烈抬頭瞪著徐朱媛，語氣不耐煩地反駁。他同時將耳機給搶了回來，重新塞進耳朵裡，這才終於迎來了嘈雜之下的一絲平靜。

休息了整整兩週，徐翰烈回去學校上課了。肩傷雖然勉強免去了手術之苦，但是還得戴上好一陣子的固定器，並且要定期回醫院復健，訓練肩部的肌肉。徐會長和徐朱媛原本都希望他完全康復之後再回學校，但徐翰烈的耐心早已經消耗殆盡。

載著徐翰烈的車開進了校門內才停下，直接停了在校園裡。由於司機被吩咐要一路護送徐翰烈到教室，他拿著徐翰烈的書包，與他一併下了車，徐翰烈卻從他手中將書包給搶過來。

「我自己進去。」

「會長要我看著你進到教室才能走……」

「聽不懂人話嗎？我叫你不要跟過來！」

徐翰烈火大地喝斥，然後倏地轉身背對著一臉為難的司機。旁邊每個上學的人經過都要瞄他一眼，他也不大在意，一心只想著要立刻見到白尚熙。徐翰烈在走廊上走著，對面林燦盛那群人迎面走來。雙方一對到眼，那群人嘻笑胡鬧的聲音瞬間靜止。徐翰烈雖然也直盯著那群人瞧，但是完全沒有耽誤到他持續往教室邁進的腳步。旁邊一些路過的同學擔心他們是否又會一觸即發，緊張地密切觀望著。最後徐翰烈視若無睹地準備進教室時，林燦盛伸手擋住了他的去路。

「欸，好久不見了啊？」

「走開。」

「久違地打聲招呼吧？既然是同班同學。」

「誰鳥你啊？」

「你這小子，怎麼這麼凶啊，聽說我不在的時候你受傷了？看你一直沒來學校，我可是很擔心的，都還來不及去醫院探望你呢。現在身體怎麼樣啊？」

林燦盛一直笑迷迷的，態度非常親近的樣子，甚至還敲了一下站在他後面的傢伙，要他去幫徐翰烈提書包。徐翰烈把一半已落入對方手中的書包用力地拉了回來，眼神極其不爽地瞪著林燦盛。

「你的頭是還沒復原嗎？」

「如你所見，好得很！別的不好說，挨打可是我的強項。不過啊，我活到現在，才終於知道什麼叫做享受人生。在單人病房整天看電視、睡覺、看漫畫、玩遊戲、看A片，那裡連飯都很好吃欸！護士們也都很漂亮，我以前成天打架鬧事，這次還是我這輩子第一次受到爸媽的稱讚。」

「所以咧？要讓你躺更久一點嗎？」

「唉唷，不要一直打斷我，你聽我說。我躺在醫院的期間一直在盤算著，等我回來之後是不是應該要徹底修理你，讓你不能再繼續囂張，為了思考這樣是否真能解決後顧之憂，我可是動了好多腦筋耶！我爸我媽他們還在討論要用我的賠償費買車還是買房呢。我想說，你這個家世背景，光是揍了我幾下就能隨隨便便拿出這麼一大筆錢來，想要毀掉我一個，大概也不成問題才是。」

「知道的話就快滾。」

「你聽我說完嘛！我看你現在也還沒痊癒，白尚熙那小子什麼時候又會發神經也說不定。老實說，你乖乖挨他揍確實很沒面子，也阻止不了別的傢伙來找你麻煩，假如真的有事的話，要我們替你教訓那個白尚熙也是可以的。」

徐翰烈對著拐彎抹角向他示好的林燦盛愛理不理的，逕自先進了教室。林燦盛和他的那群跟班則默默地跟在他身後。見到這番光景，教室裡的同學們均用詫異的眼神來回看著他們兩邊。每到下課時間，那群人就像屏風一樣，圍繞著徐翰烈，盡釋前嫌地笑鬧著，一段時間後，同學們心中的疑惑也漸漸消失了。出乎意料的受惠者是李東炫。由於林燦盛自己選擇當徐翰烈的小弟，他就這樣被那群人放了生，意外地獲得自由。

學校給白尚熙下了停學十天的處分。但是聽說他處分結束後也沒有出現，已經又過了四天。林燦盛在一旁口出狂言地說著白尚熙永遠不會再來學校了，還一口咬定他就算來了也會被留級。這些分明是為了討好徐翰烈才說的話，不知為何，徐翰烈聽了之後看起來心情更不好了。

幾天後的一個星期四，在臨近午休時間的上午時分，白尚熙再次出現在學校裡。他直接進了正在上化學課的教室，還厚臉皮地一邊打著哈欠。老師指責他，他也只是慢吞吞地鞠了個躬。白尚熙走到自己的空位，一坐下來就是趴著睡覺，直至此時，他完全沒注意到徐翰烈看向自己的目光。或許應該說，白尚熙對於周圍任何的視線都不感興趣。

同學們輪番注視著化學老師和白尚熙的反應，見課程不受影響地繼續，大家關注的目光開始偷偷轉移到了徐翰烈身上。但是徐翰烈無視著同學們莫名的期待感，他轉身面向著正前方而坐。

午飯時間的鐘聲一響，每個班級的門隨即被開啟。彷彿大爆炸般，學生們衝出走廊，一齊朝著學生食堂奔去。課程沒來得及收尾的老師搖搖頭，稍遲了一些才離開教室。徐翰烈靜靜地坐在自己的位子上，林燦盛那群人起身朝他靠近。

「喂，你不去吃飯嗎？」

徐翰烈像在抖掉身上的蟲子一樣，甩開了林燦盛的手。

「怎樣？還是要趁現在教訓白尚熙？剛好現在都沒人，他還睡成那個樣子。」

林燦盛在徐翰烈耳邊竊竊低語詢問的聲音顯得十分陰沉。這不是隨便說說的玩笑話，徐翰烈能感覺得出來，林燦盛絕對有足夠的行動力去付諸實行。如果說徐翰烈的目的單純只是尋求身體上的報復，他其實沒有什麼理由好拒絕林燦盛。

然而，徐翰烈惱怒地推開了對方湊在自己耳側的臉。

「給我滾開。」

面對徐翰烈激動的反應，林燦盛順從地向後退開，然後像個熟稔的朋友似的，在徐翰烈的背部輕輕拍了一下。

「好啦，那我們先過去吃飯了，你慢慢來吧。」

林燦盛就這樣領著他那群人出去了。教室裡沒了人，一片空蕩蕩，就只剩下徐翰烈還有白尚熙。在如此沉甸甸的靜默之中，秒針走動的聲響顯得分外劇烈。不知過了多久，在周邊全然安靜無聲時，白尚熙驟然起身。椅子向後退開，他從位子上站起來，隨手撥了下凌亂的頭髮，便離開了教室。徐翰烈心想，他明明有看到的，照理說，只要他抬起頭，絕對不可避免地會看到自己，但白尚熙卻完全對自己視若無睹。迴盪在走廊的腳步聲逐漸遠去，幾乎再聽不見，徐翰烈噘起嘴唇吐出一口濁氣。他被白尚熙氣到說不出話來。

過了一陣子，徐翰烈像是突然間想起了什麼，馬上起身離開座位。他朝著學生食堂跑去。那些早早趕到的傢伙們都已經吃完飯了。徐翰烈掃視著食堂裡滿滿穿著制服的人群，輕而易舉地發現了白尚熙的身影。多虧他那顯眼突出的體格，此外，還有一些沒位子坐的傢伙，寧可站著也不願意接近他，他們會這樣躲避他，應該不只是因為白尚熙被留級了一年的緣故。

在徐翰烈還在觀望之際，林燦盛那群人有人見到他出現，替他取了餐過來。徐翰烈一把奪過了那人遞來的餐盤，遂朝著白尚熙走去。白尚熙胃口不錯地吃著裝滿了一整盤的飯菜。不管是味道還是外觀，淨是些讓人不會想再次夾取的菜色。

「……」

徐翰烈直挺挺地站在白尚熙的面前，自上而下地看著他。連周圍吃飯的人都感受到這股詭異的苗頭，紛紛抬起了頭，只有白尚熙依舊顧著吃他的飯。徐翰烈啪的大力放下了餐盤，一些食物濺到了桌子上，餐具也一同震落，發出了刺耳的撞擊聲。但是白尚熙吃飯的動作沒有半點停頓遲疑。他塞了一大口飯，臉頰都鼓了起來，手握著湯匙的尾端，不停地舀著乳白色的湯喝。未熟透的泡菜、醬煮黑豆，還有味道較腥的燉小魚，都被他隨意地用湯匙搜刮起來直接放進嘴裡。

徐翰烈伸出手拍了拍白尚熙的頭，甚至拍出了聲響，白尚熙這時才終於停下了原先的動作。學生食堂裡的所有眼睛都在屏息留意著兩人的狀況。還有人怕會無端捲入紛爭，偷偷拿起餐盤躲去別處。眼見這樣的突發狀況，林燦盛那群人一副看好戲的模樣，無聲地咧起嘴笑著。

但是白尚熙只停頓了一會，就又動起了他的湯匙。儘管徐翰烈再次地敲了敲他的頭，他也沒有停下來，繼續淡漠地吃著他的飯。徐翰烈遭到對方徹徹底底地無視，宛如在告訴徐翰烈他已經失去了利用價值。徐翰烈感覺自己的耳朵後方滾燙地燒了起來。原先盯著這兩人的耳目們也開始慌亂地不知該看向何處。

徐翰烈於是拿起他剛剛摔過的餐盤，朝向一邊傾斜著，餐盤上的小菜因而撲通撲通地掉進了白尚熙的湯碗裡。泡菜湯和配菜也都亂七八糟地撒了下來，將白尚熙的盤子弄得髒亂不堪。白尚熙暫停了手上的動作，抬起頭。徐翰烈終於和他正面相向，冷冷地低頭俯視著他。不知何時，林燦盛那群人已經來到徐翰烈的背後，像堵人牆似的矗立著，形成一股濃濃的壓迫感。

「……」

「……」

劍拔弩張即將開戰的這一刻，食堂裡的所有雜音彷彿瞬間蒸發。但是，眾人期待的衝突最後並沒有發生。因為白尚熙這方隨即垂下了視線，將被攪得像廚餘般的食物毫無保留地塞進自己的嘴裡。從他下顎規律的擺動和那平穩的表情當中，感覺不出一絲的脾氣，他就像個沒有底線的人一般。倒是一直盯著他看的徐翰烈，神情微妙地皺起了眉來。

「喂！」

徐翰烈皺緊了眉頭叫他，卻沒有收到任何回應。對方甚至連抬起眼看一下發話者這種最起碼的反應都不肯給。

在這之後，雖然速度緩慢，白尚熙好好地填飽了肚子，拿著他的空餐盤站了起來。他越過了還堅持站在自己面前的徐翰烈，朝著餐盤放置處走去。白尚熙使勁把盤子上剩餘的飯菜抖落，將用過的餐具返還回去，然後毫不留戀地離開了學生食堂。這下子，周圍的注意力陡然之間全集中在剩下的徐翰烈身上。他發出了「哈」的一聲乾笑，表情微妙地揚起了單側的嘴角。

就在下一刻，一把椅子平白無故地被踹倒在地，發出了不小的噪音。

——現在——

「你怎麼來了？」

進了辦公室的徐朱媛露出驚訝的神情。徐翰烈並無回話，僅聳了聳肩。徐朱媛讓跟在後頭的秘書先行離開，然後在徐翰烈對面坐了下來。剛開完好幾個小時的會議，她的神色看起來頗為疲倦。習慣性拿起菸盒的手頓了一下，又將菸盒放了回去。

「妳抽吧。」

「算了。」

「徐專務總是這樣，害我都還覺得自己是個小孩子。」

「你就是個孩子啊，不然咧？」

「好過分，我明天就要滿三十了說。來這裡的路上都不知道吸了多少二手菸了，再多加一個徐專務也不會怎樣的。」

「我都說了不用了！」

徐翰烈注視著堅持拒絕的徐朱媛，拾起了她的菸盒。他從裡面抽出一根香菸，把菸塞進自己的雙唇之間，拿打火機點了火。徐翰烈正要淺嚐一口，嘴裡的菸已被徐朱媛倏地抽去。徐朱媛不情不願地蹙著眉，刁住了那根香菸，沒有忘記要起身開窗讓空氣流通。徐翰烈咧嘴微笑著，身體向後深深地躺進了沙發裡。

「證人調查怎麼樣了？」

「妳應該收到報告了不是嗎？」

「我問的是未公開的非正式內容，你去那裡沒有亂說什麼話吧？」

「真是奇怪，怎麼今天大家都在問同樣的問題咧？到底怎樣是亂說、怎樣是不亂說啊？」

「別酸了，你明明就跟宗烈的事情無關。」

「我原本也是這麼以為，但是負責的檢察官不是這麼說的，他說光是提供場所也會有問題。」

「他那個只是走個流程罷了，不用在意。反正最後還是會由尹檢察官來收尾，這次的案件本來就情節重大，那些涉案的傢伙一個個都得有個交代，不至於還硬是把你也牽扯進去的。」

徐翰烈若有所思地嗯了一聲，隨後站起身，慢慢地在徐朱媛的辦公室裡參觀了起來。牆上掛著MBA的畢業證書，包括了青年企業家獎等等各種獎狀。軍校畢業典禮、軍官任命儀式，還有進了公司後，各項重要活動的紀念相片也並排擺放著。徐翰烈一一梭巡著這些相框時，稍微瞥到了桌上「專務理事徐朱媛」的名牌。可以想見，徐朱媛為了獲得此等頭銜，需要對抗多少的偏見才能走到今天。

徐翰烈用著輕快飛揚的語氣讚嘆道：「我們徐專務，真的是太厲害啦！」

徐朱媛默默看著他，發出了低聲的嘆息。

「你又有什麼不滿的？想要挖苦我的話就趕快走吧，我可沒多餘的力氣來應付你。」

「好凶喔，勝利者的豁達都到哪去了？」

「到底在胡說些什麼，你不知道現在公司已經面臨緊急狀況了嗎？」

「以當前狀況來說，妳怎麼看起來意外地悠哉呢？」

「越說還越得寸進尺了。」

徐朱媛的態度明顯變得冷淡。雖然她對這個差了好幾歲的弟弟十分疼愛，有時還是會在他面前顯露出她獨特的本性。表現得像個母親，並不代表她真的是媽媽。她對於徐翰烈的態度，與其說是單純基於親情的犧牲或關懷，不如說是源自於一股深切的憐憫，或是本質上的認同感所產生的耐心。

在徐翰烈的眼中，徐朱媛是一隻年輕的母獅子。乍看之下，她似乎服從並討好著雄獅，而實際上，卻是她在負責狩獵和領導著獅群。她放緩步調，選擇伺機而動，而非單純為了公司犧牲奉獻。徐朱媛靠著建立自身勢力，鞏固充實內在實力，她似乎已經準備好，要朝統治已久的老雄獅咽喉處一口咬下。那些以天生的鬃毛為武器、只顧著內部鬥爭的雄獅們，過不了多久都會被她給驅逐出境。徐翰烈想像了下徐朱媛成為代表理事的樣子。嗯，非常適合，這個想像就將要成為現實了。

「妳覺得這次能把宗烈處理掉嗎？」

「不曉得，不知道董事會的老人們是怎麼想的。」

「不管他們是怎麼想，一個即將入獄的傢伙，他們還能拿他怎麼辦？」

「你覺得爺爺或是宗烈他們家，有辦法看著他去坐牢嗎？」

「不是說這次不太可能讓他緩刑嗎？就算判了緩刑，也不是代表就無罪了啊。又不是在經營公司時不得已被抓進去的，純粹是他個人私生活問題導致的局面。」

「如果拿這事做文章的話，那會沒完沒了的，恐怕連你都就沒辦法保住職位了。」徐朱媛一副很嫌棄的樣子，斜眼看著徐翰烈。

雖然徐宗烈吸毒事件成為了大型熱議話題，但徐翰烈也是個不亞於他的頭痛人物。動不動就爆出和藝人的戀愛傳聞、在公開場合態度不佳、零星的暴力糾紛、飆車問題等等。從徐翰烈拿到學位回來韓國的那一天起，就沒有過過一天風平浪靜的日子，甚至公司宣傳部還得特地為他下設一個危機管理小組。

徐朱媛粗魯地輾熄了香菸，「總之呢，」她下了個結論。

「你沒有什麼好擔心的，宗烈那邊似乎打算拖你下水，但我是不會讓他們得逞的。」

「為什麼不？要趁這個機會連我也一起踢走才行啊。」

「……什麼？」

「雖然讓宗烈吃牢飯應該是最完美的結果，但如果他幸運地被放出來，那妳就把他和我，還有事件相關的所有人全都打包一起踢出公司，這樣徐專務才能更名正言順地站得住腳啊。」

「你這個孩子真的是……到底在胡說些什麼？」

「仔細想想，我們宗烈還真夠單純耶？連這麼簡單的設局都不會。想和藝人明星一起玩的話，準備得周全一些不就好了嗎？建設公司的代表竟然跟年紀可以當女兒的歌手玩在一起？這樣怎會不讓人起疑？怎麼看都很有問題嘛，所以他才會被逮個正著。」

「你到底是什麼意思？」

「徐專務妳在公司處理這些事的期間，我要到外面去避一避風頭。我瞞著老頭偷偷在準備進行一個事業。」

「事業？你說的該不會是你的那個投資事業吧？」徐朱媛直接了當地質問他，一臉不滿地蹙著眉頭。

自從徐翰烈成年之後，陸續傳出了不計其數的緋聞。每當他爆出戀愛傳聞時，公司都會發表立場聲明，表示他只是以廣告商或是製作投資人的身分與對方見面而已。為了具備正當名目，公司甚至也進行過實質性的投資。由於徐翰烈和這些特定人士的交往都維持不到一個月就結束，戀愛傳聞往往也就跟著平息消弭。雖然公司集團內外都稱之為投資事業，追根究柢，這不過是屬於危機管理的範疇罷了。

「不是那種的啦，我想試試看更正式一點的。我去打聽了才知道那個印雅羅？聽說她在找新的經紀公司。」

「你連她也要下手？」

「比徐專務年紀大的我才不碰。」

「不是啊，那你為什麼要為了她開公司？」

「並不是為了她，她只不過是個……大型誘餌？」

徐翰烈談起生意的口氣十足的輕浮。徐朱媛覺得弟弟實在是荒謬無理，隔了幾秒後，堅決地搖了搖頭。

「不可以，都現在這種時候了，你還在講那麼天真的話？」

「現在才正是好時機啊。我也不是來請求徐專務允許的，公司準備得都已經差不多了，不管徐專務說什麼我都要做就是了，妳只要先知道一下就好。」

「徐翰烈，你到底什麼時候才會懂事啊？」

「我幹嘛要懂事？我要是懂事了，對徐專務有什麼好處嗎？」徐翰烈嘻嘻笑著反問道。

這不是徐翰烈毫無來由的自信。他如果身心各方面都健康無虞，而且有徐朱媛一半努力的話，徐會長肯定是毫不猶豫地選擇他作為繼任者。硬要說的話，其實徐朱媛最強勁的對手並不是那些堂兄弟，而是她的親弟弟徐翰烈。從小到大，只要是徐翰烈想要的，就算是再怎樣強人所難、多不像話的事，從來就沒有實現不了的。徐會長無止盡的偏心溺愛讓一切成為了可能。徐翰烈是徐會長親手抱在懷裡的第一個孫子，直到私生子的大伯父把徐宗烈帶回來之前，徐翰烈一直是家中單傳的長孫。徐會長對於年幼的孫子早早失去母親的事實也十分地感到心疼。

徐朱媛知道自己無論如何都沒辦法具有徐翰烈那樣的優勢，她別無選擇。假如徐翰烈和她並非同一個母親生下來的、假如他是被權力慾望蒙蔽了雙眼的人，那麼，兩人的關係肯定無法如現在這樣；她勢必也做不到這些年來她所做的：默默看著比自己小了十一歲的競爭對手，成長到足以威脅自己的地步。

「妳連一個將死之人的願望都不肯實現嗎？」徐翰烈笑得一副沒心眼的模樣。

「你說誰要死了？」

「還有什麼好考慮的啦，先把我暫時撇去一邊，這樣徐專務就可以盡情地去做妳想做的事了。我都說了我會幫助妳的嘛！」

徐朱媛靜靜地注視著徐翰烈的雙眼，彷彿想從中讀出他真正的意圖來。

過了好一陣子，她才用叮囑的口氣問道：「你不會是想做什麼奇怪的事吧？」

「誰知道呢？或許真的會做一點奇怪的事也說不定？」徐翰烈抓了抓自己的額頭，調皮地回應道。

徐朱媛正想批評一下他那輕浮的態度時，對方突然叫了她一聲「姊」。

非常地令人意外。徐翰烈好久沒這樣叫她了，久到她都想不起來，上一次聽他叫姊姊是什麼時候的事。她蹙著眉頭，沒有應聲。看著徐翰烈的表情突然沒了那些嘻皮笑臉，一臉正經地向她坦白。

「這次的事我花了很多心血，而且我等很久了。」

這樣鄭重其事的弟弟令人陌生，讓徐朱媛不由自主地皺起臉龐。

直直望著她的徐翰烈鬆開表情，再度朝她露出了笑容，彷彿剛才那個正經八百的人不是他似的。

✳

白尚熙從床上緩緩地坐起，隨意地撥了幾下被枕頭壓扁的頭髮。與臥室相連的浴室裡持續在傳出水聲。白尚熙揉著僵硬的脖子，離開了床鋪。他只穿著一條內褲的赤裸肉體即使不刻意繃緊，也顯得彈性十足，光滑飽滿。他從掉落一半的被子底下撈出了一條褲子，摘下黏糊糊地纏在上面的保險套隨手扔掉。不管怎麼找，都沒看到他的襯衫，他於是放棄，踩著厚重的腳步聲走向客廳。

日光充足的客廳裡放置著一套布沙發。他拿了顆蘋果吃，取代刷牙漱口，癱坐在沙發的中央。他拿起遙控器打開電視，這一連串的動作宛如已成習慣般地熟悉。這個時段，不管轉去哪台都只有新聞可看。他無意識地換著頻道，沒有什麼內容特別吸引他的注意。就在他差不多停止變換電視台的時候，大量水氣和甜蜜的香氣同時從背後撲了上來。

「睡得好嗎？」

剛沖過澡的女人摟住白尚熙的肩膀，把嘴唇埋在他的後頸上。白尚熙一邊點頭，一邊慢慢撫摸著女人纖細的胳膊。在她柔軟的皮膚上，能感受到些微的靜電。女人是個家喻戶曉的演員。她和白尚熙也是在工作時認識的。雖然她一直以來都有公開交往的對象，但是白尚熙有需要時會找她，而她主動先聯絡的次數也多到數不清。他們不是戀人，並非朋友，卻也不是完全無關。他們就只是那種，當某一方提出結束的要求時，不會有一絲不愉快的情緒，能立刻說分就分的關係。電視這時報導了知名歌手和財閥三世的長期吸毒事件，女人看了一下新聞內容後，低聲地嘲諷。

「蘇奈，她才剛巴上一個大金主呢，結果就這樣完了。」

「妳知道她？」

「只有來來去去見過幾次面而已。雖然是新銳歌手，總感覺她態度滿囂張的，大概後台很硬的樣子，這種一定是跟人睡了。」

女人頑皮地啃咬白尚熙的耳廓，將獨自播報著的電視給關了。白尚熙也在她的手臂上一點一點地親吻著。

「寶貝今天行程是什麼？會出門嗎？」

「沒什麼特別的事。」

「那你叫點外送吃吧，我最近在減肥，所以家裡什麼吃的都沒有。我今明兩天都要徹夜拍攝，後天開始又要忙著準備婚禮的事，這幾天都不會回來了喔。」

白尚熙沒什麼反應地回了一聲「嗯」。告知自己即將與他人舉行婚禮的女人，以及得知了這個消息的男人，雙方都是一派地稀鬆平常，神情毫無半點波動。女人逗弄地含了下白尚熙的耳垂，拿了張信用卡放在桌子上。她連續親了白尚熙的肩頭幾下，說了一句「我去準備了」，便進了她的更衣間。

女人消失了身影後，白尚熙再次拿起遙控器。他按下電源鍵，先前的新聞報導還正在繼續，現在畫面中出現的身影是昨天接受證人調查的徐翰烈。作為一名證人，他用稍嫌華麗的服裝造型，神態高傲地從蜂擁而上的記者群當中走過。就在徐翰烈要上車前，一位衝過來的記者不小心撞上他，他反射性地回頭看了一眼攝影機的鏡頭。有那麼一瞬間，白尚熙彷彿和螢幕畫面中的徐翰烈對到了眼。

「……」

白尚熙將上身慢慢放低，瞪著畫面中的那張臉龐。

——過去——

「一個人會過怎樣的生活，都是生下來時就註定好的。」

否則，同一個肚子生下來的孩子，為何命運各不相同呢？白尚熙的生母白盈嬅總是這麼說的。她這個人原本就缺乏責任感。打從白尚熙有意識起就沒了父親。是死了呢，還是離家出走，哪怕就一天也好，有沒有一起生活過，這些問題白尚熙都不得而知，因為白盈嬅從來沒有告訴過他關於父親的事情。偶爾她會埋怨地說白尚熙沒像到別人，像極了自己、簡直一個模子印出來似的這種話，也許是因為她根本也不清楚到底誰是生父。

白盈嬅某次離家一週後，抱著一個剛出世的小嬰兒回來。白尚熙對妹妹的第一個印象是好小一個，看起來脆弱到讓人不敢觸碰的地步。一起回來的還有一個男人，剛出生的妹妹五官長得和他一個模樣。男人時不時會來家裡，非常疼愛小寶寶，有時也會給白尚熙零用錢花。

然而母親和男人的關係僅維持了不到一年。有一天，一名陌生女子找上門來，劈頭就罵白盈嬅是賤女人，兩人扭打起來，鬧得整個家都快被掀了過去。從此之後，男人就再也沒出現過了。類似這樣的事情屢次發生，每次遇到這種時候，白盈嬅就會拋棄一切，毅然決然地直接搬走。

這種情況在白尚熙上了小學後也沒有改變，白尚熙自然而然地選擇放棄和同學朋友來往。反正他下了課也只能趕緊回去，幼小的妹妹還在家裡等著他。白盈嬅找不到一個像樣的工作，大部分時間又不在家，沒去學校的妹妹總是被母親棄之不顧，只能自己挖著冷掉的硬飯充飢。

某天，白尚熙放學回家，已是初春的時節，但風還是很凍，妹妹卻一個人蹲在屋外。她手裡抱著一包零食，拿了一塊放進嘴裡，慢慢地含著融化了吃。鼻水從她鼻子裡流了出來，她的兩頰和手背也被凍得僵硬發紅。

「白言熙，妳為什麼跑出來外面？」

「媽媽叫我出來外面玩一下再回去。」

白尚熙莫名有種不太對勁的預感。他打開玄關的大門一看，白盈嬅的皮鞋和沒見過的男人的鞋子凌亂地糾纏在一起。一道又一道急促的喘息聲沿著門檻傳出來。這是白尚熙很熟悉的一種噪音。每次白盈嬅又換了對象，這種噪音就會干擾著白尚熙，使他無法安然入睡。白盈嬅的聲音總是充滿著痛苦，而男人們總是很生氣的樣子。宛如兩隻禽獸在相互廝殺著，待攀上了頂點之後，遂平復了所有的情緒，發出慵懶的笑聲。就為了交合，把幼小的孩子趕到了寒冷的路邊，兩隻禽獸的良心就只值一包零食而已。

屋內接連地爆出白盈嬅慘叫般的呻吟和男人的怒吼。白言熙怕得瑟縮了下，不安地看著她的哥哥。混濁的空氣中開始充滿了腥味，雖然有可能只是心理反應，但隨即一股噁心感湧上白尚熙的喉頭。他伸手摀住了白言熙的鼻子和嘴巴。

沒多久，房內傳來窸窸窣窣的說話聲，一個男人一邊整理著衣服一邊走出來。即使在門口撞見了年紀尚小的兄妹，他也沒露出任何愧疚的神色，反而還笑笑地伸手就要摸白言熙的臉蛋。白言熙縮了一下，躲到自己哥哥的身後去，白尚熙則是怒瞪著身形比自己大了整整一倍的男人。

「兩個充滿戒心的小傢伙，看起來像小貓崽似的。叔叔不是壞人啦，搞不好哪天變成你們的爸爸也不一定喔？」

男人執意地抬手撥亂了白尚熙的頭髮，還調戲似的摸了下躲在後面白言熙的耳垂。跟在後面出來的白盈嬅看見了這一幕，也只是露出了滿足的笑意來。這個世界上，竟沒有任何成年人可以保護這一對年幼的兄妹。

男人只是享受了短暫的樂趣，結束後就回到了自己該回去的地方，白盈嬅也沒有因此覺得受傷。相反地，和這些男人交往的經歷，成為她與條件更好的對象交往的墊腳石。在她結束與那個差點成為爸爸的地方公務員的關係之後，她開始跟在一個白髮蒼蒼的老男人身後。鄰居長輩們都說白盈嬅終於找對金主了，毫不避諱地稱她為老人的小嫩妻。

而他們的生活在這時候開始寬裕起來，不僅從地下室搬到了採光充足的大樓，白天也找了一個可以代替白盈嬅看顧白言熙的人來。白盈嬅更加頻繁地外出，出門時身上總是穿著新衣服，坐上老人派來的高級轎車離去。老人也曾和白尚熙兄妹倆一起吃過飯，白盈嬅要他們稱呼他為老師，因小孩天真地問了「老師是教什麼的」而哈哈哈地笑個不停。老人回覆了一個孩子們有些難以理解的答案，說他是到處去估算土地價值的人。在當時那個時期，白盈嬅確實也跟著老人走遍了全國各地，如果是到外縣市，一去就是好幾天沒有消息。

然而，物質豐足的生活持續不到半年便劃下句點。老人因病去世了。白盈嬅並沒有去參加葬禮，她在家試了好幾個驗孕棒，發了一頓脾氣之後，又拆了一個新的進去廁所裡，反覆不停地測試著。待她終於放棄了那微乎其微的希望，老人的家人們找上門來，把他們全家趕出了大樓。雖然再次開始了流離失所的生活，但是白盈嬅並沒有感到絕望。她更認真地四處去打轉，那位叫「老師」的老人，似乎還真的傳授了一些東西給她。不久之後，和白尚熙同生肖的妹妹出生了。

「你以為我喜歡這樣嗎？天生就帶了煞是要我怎麼辦？」

每當白尚熙表達不滿時，白盈嬅便會反過來沖他發火。十九歲就生下了白尚熙的她依舊年輕，沒有男人會拒絕她這朵散發著香氣的美豔花朵。

白尚熙逐漸習慣了白盈嬅自我中心式的思考方式，對她叫來的男人們則越來越感到尷尬、難以面對，於是他開始在外面遊蕩。學校只有他想去的時候才會去。一開始，他在附近知道他家情況的商店裡解決食宿，隨著身體長大之後，能做的事情也越來越多，他也根據不同情況變換著露宿的地點。由於他出眾的外貌，一天能接到好幾通異性打來的電話，也因為如此，要找個暫時棲身的地方，對於他來說並非難事。

白言熙正逢青春期，兄妹關係急劇地變得疏遠，因此，沒有特別的事情，白尚熙是不會回家的。都已經長大的哥哥和妹妹共用著一間房，可不是普通的彆扭。即使白尚熙偶爾回來，和白言熙也說不上一句話，總是只陪么妹白寒熙玩一玩就走了。

有一次他回到家，看見白言熙哭著在洗衣服，似乎是妹妹在學校突然迎來了她的月經初潮。正是敏感的時期，比同齡人提早發育更是造成她不小的壓力。不巧的是，她的班導是位年輕的男老師，家裡又沒有媽媽能夠協助她去充分理解自己身體的自然轉變。

本應該受到祝賀的事情，卻成為了白言熙一生的恥辱。白尚熙覺得自己應該要安慰心靈受創的妹妹，但是他壓根不知道要怎麼開口才好。他鬱悶地想，為何生活中這般稀鬆平常的事情對他們來說卻是如此艱難。

周圍的人給了他一些意見，告訴他買這買那的，要準備不少東西。白尚熙不好意思自己買給妹妹，又不好直接給錢，他只能將生活費放在白言熙最容易發現的地方。除此之外，他們彼此不會特別聯絡。白言熙也不曾對自己哥哥有過什麼請求。

某次白尚熙回家看看小妹的時候，正好遇見白言熙在家。白言熙說小妹發了整晚的高燒，向他解釋了自己沒能去學校的原因。她並沒有責怪自己的哥哥，只是一邊替白寒熙撥起被汗水浸濕的頭髮，主動提及了白盈嬅的消息。

「媽媽又離開家了。」

「……離開一兩天嗎？」

白言熙直接搖了搖頭。

「這次不一樣，她把可以帶的行李都帶走了。」

「她說要自己出去住嗎？」

「不知道，也不知道她是去哪了。電話號碼也換了，我不知道新的。」

白言熙喃喃回答的表情顯得無比地憔悴。白尚熙當場打電話給白盈嬅，果然聽到了號碼是空號，請查明後再撥的語音，他接連試了幾次都是如此。

一個月，然後又再一個月過去了，白盈嬅還是沒有回來。如白言熙所說的，這次的情況確實是之前從未有過的。這次不是個歸期未定的外出，而是徹底地斷絕了消息。會不會是自己隱約中覺得這一天總會來臨的關係，白尚熙連最起碼的一些失落或是失望的感受都沒有，已經變得無動於衷。

白尚熙工作的時間增加了。沒去上學的日子比去上學的日子還多，已經確定要被留級。他最終沒有選擇輟學的原因，就只是為了拿到畢業證書而已。在長大成人之前，白尚熙就已經意識到，自己必須工作一輩子才能夠存活下去。若沒有這張高中文憑，連個像樣一點的工作都找不到。大家都說現在的平均學歷越來越高，對別人來說，畢業是像吃飯一樣再簡單不過的事，但對於白尚熙來說，卻不是那麼的容易。

白尚熙依舊居無定所，工作到了深夜的話，就直接在工作的地方睡一覺。老闆、經理、一起工作的同事都很友善，有時借宿個幾天也不成問題。

除了白盈嬅跟他們切斷了一切聯繫，銷聲匿跡之外，什麼都沒有改變。但是這些看在其他人眼裡，也許並不是如此。人類的世界有時與動物界無異，失去了成年野獸保護的幼崽，很容易變成他人眼中的獵物。

「尚熙，你家裡來電話了。」

深夜，老闆搖晃著正在睡覺的白尚熙把他叫醒，還小心翼翼地補充一句快回去看看的催促。白尚熙一聽，便直起了疲倦的身軀。他不是很喜歡從家裡打來的電話，因為總是伴隨著什麼不好的消息。

當他騎車趕回家，發現不只姊妹居住的地下室亮著燈，整棟住宅都燈火通明的。不知道發生了什麼事，連房東都下來陪在姊妹倆身邊，表情特別嚴肅。房東一見到白尚熙，立刻先斥責他為何現在才出現，說差點就出大事了。原來竟有人破窗而入，闖進地下室躲在裡面。碰上歹徒的姊妹發出尖叫聲，聽見叫聲的鄰居們趕了過來，被這番動靜給嚇到的傢伙這才慌慌張張地逃走。警方接到報案後已開始在周邊搜索，房東則是不斷重複唸著他當時要是不在該怎麼辦才好。

別說東西遭竊，這屋子裡根本沒有什麼可以偷的東西。歹徒會在這樣的地方徘徊，想必他一開始就是盯上了人。說不定歹徒本來就知道這間屋子只有姊妹倆居住。

兩姊妹緊緊地抱在一起。白言熙嚇得面色慘白，連自己哥哥來了都沒發現，白寒熙則是根本還沒搞清楚發生了什麼狀況。白尚熙的大腦一片迷茫，一心只想著得立刻找出白盈嬅，讓她在她們倆身邊留下才行。

然而，關於白盈嬅的消息他卻是一無所知。手機號碼依舊聯絡不上，儘管嘗試過跟警方報案列為失蹤人口，也因為諸多情況被視為單純的離家出走而不予受理，去公共機關查詢過戶籍謄本，她的地址卻根本沒有變更過。

剛好在這樣的情況下，來到學校的白尚熙，遇到了一名陌生的同學。

「你就是白尚熙？」

「……尚、熙？」

白尚熙看著對方帶著肯定詢問的臉龐，乍看之下，那是一種見到自己後展露出欣喜的神色。但是不論他怎麼回想，都沒有見過這張臉的印象。

「沒錯吧？你是那個女人的兒子。」

對方接著脫口而出的一句話，立刻讓白尚熙明白了他的身分，也終於找到了讓隱藏蹤跡的白盈嬅願意現身的方法。

02

SugarFree

SUGAR
BLUES

徐宗烈被判處三年的有期徒刑，緩期四年執行。異常寬鬆的判決，使得輿論紛紛譴責說這是在包庇財閥。當然，一如往常地，這不過是一時的嘩然而已。

徐宗烈為了自我反省，暫時退出了公司經營的最前線，因徐會長的健康惡化而引發的經營權繼承問題最終則是不了了之。甚至是在徐會長的支持下脫穎而出成為黑馬的徐翰烈，也表示對於此次事件，深切地體會到了一絲的責任，而選擇了退出。

結果徐會長才剛出院，立刻重返公司掌權。在這段期間獨自奮鬥奔走的徐朱媛，被任命擔任核心子公司日迅通信的代表理事一職。她成為了整個日迅集團當中，首位擔任總裁職務的女性。

徐翰烈則是在忙碌於自己的事情。和身價暴漲的印雅羅簽訂專屬合約的同時，他的娛樂事業迅速地正式起步。早在兩年前就興建好規模地下兩層、地上五層的公司辦公樓，並提供原先年薪二〇〇%的優渥薪資，招攬了企畫、宣傳、營運、管理等等各領域的專家。這家以「SSIN 娛樂」為名，才剛邁出第一步的公司，背後竟是間首屈一指的大企業，這項實情引發了極大的關注。坊間甚至流傳著徐翰烈代表和印雅羅具有不正當關係的謠言，也代表這確實是個具有突破性的創舉。

公司起初是因為印雅羅的選擇而受到注目，漸漸地，日迅集團繼任者突然開始經營娛樂事業這樣的背景，也吸引到不少的注意。不僅是娛樂雜誌，各種財經類雜誌的採訪邀約也接踵而來。即便徐翰烈沒有回應任何地方的邀約，與他相關的報導還是不斷地被刊載出來。

徐翰烈將他隨意滑動翻看的平板交給了楊秘書。

「宣傳公關團隊說了，在一些較具權威性的日報或知名商業雜誌上刊登代表的採訪，能夠產生相當積極正面性的影響。」

「正面性的影響？」

「是的，現在公司才剛起步，又有很多人在關注著，樹立良好的形象是很重要的。」

「我又沒有說我要讓公司上市。」

「什麼？」

「不管是現在或是以後，要我向別人伸手求助？想都別想。又不是等著養大了要賣錢，經紀公司只要管理好旗下藝人就行了，對外形象那種東西有什麼重要的？」

「但是，您既然創業了，若是能取得優異的成績，得到會長和股東們的認可，這樣不是很好嗎？」

「認可……秘書先生，你好像誤會了什麼，我對那種事可沒興趣。我完全不想讓其他人來插手我的事情。」徐翰烈透過鏡子直視著楊秘書，明顯帶著事前警告之意的眼神讓楊秘書默默地閉上了嘴巴。「不好意思。」髮型師這時用手遮在徐翰烈額頭的髮際處，然後均勻地噴上了造型噴霧，進行固定。

「另外那邊有消息了嗎？」徐翰烈閉著眼睛問道。

「和印雅羅簽訂合約之後，就陸續不斷地收到廣告代言或是作品劇本的邀約，您在今天企畫部門的會議中將可以聽取到相關的報告。」

「……我不是說這個。」

徐翰烈的眼皮仍然是闔上的，平靜的面孔上流露出前所未有的耐心。楊秘書稍微揣測了一下他的本意，低聲地啊了一下。

「那邊還沒有消息。」

即使特地詢問了進展，徐翰烈對於回答卻沒有表現出任何的反應。楊秘書觀察著他的神色，謹慎地試圖確認他的想法。

「要打聽看看目前的情況嗎？」

「不用了。」

徐翰烈的回答緊接在問題之後，語氣頗為堅決。他隨後馬上睜開眼睛，臉上看起來帶著一抹莫名的倔強。

✳

「您要點餐嗎？」

喀嚓，按下快門的聲音毫不遮掩地響起。大部分是在偷拍，也有人是排在點餐隊伍裡，明目張膽地拿起手機對著拍。如此令人感到負擔的情況下，白尚熙仍舊是老神在在。即使路人們的對話中數度出現自己的名字，即使他能感受到那些瞥來瞥去的目光，他仍然默不作聲地繼續幫客人點餐。

白尚熙退伍之後已經過了三個月。由於不能一直借住在別人家，他隨便先找了份工作，在一位他認識的演員作為副業經營的咖啡廳兼餐廳打工。拜長久以來的打工經驗之賜，他很快地就習慣了這份工作。雖然沒辦法和同事完全打成一片，但也不至於有太大的隔閡。問題是，白尚熙畢竟是個廣為人知的演員，過去兩年的時間，尚不足以讓他被大眾所遺忘。

人們的好奇心並不侷限於在意想不到的地方巧遇明星的這個階段。白尚熙的經歷、名聲，甚至兩年前的事件，全部都成為了議論的話題，輿論密切地關注著他的一舉一動。人們不停地拍下他的照片，純粹只是為了證明自己遇到了藝人而已。以前或許不至於如此，但是發生過暴力事件的非議，然後逃避似的服了兩年兵役再出來的人，沒有人會對他大大方方地表示歡迎。白尚熙的存在宛如用過一次就丟棄的擦手紙，不過是個茶餘飯後消遣的話柄。

店經理的表情總是很苦惱。大概是因為自從白尚熙來了之後，店裡開始無法正常地營業。起初僅是少數幾位客人認出他來，現在特地來看他的人越來越多，已經到了無法控制的地步。說得明白點，店裡不再有空位，營業額也顯著地增加，但卻無法令人打從心底感到開心。挑高的天花板以及大片窗戶所環繞的開闊空間、輕柔流瀉的新世紀背景音樂，曾經以此為傲的店舖，現在只能聽見低俗的八卦碎語和相機的快門聲。

現有的常客們為了躲避這種令人不舒服的氣氛，要不匆匆離去，要不就是不再前來消費。雖然這是老闆的指示，但是造成如此騷動的人物最終是否真的能為店裡帶來助益，店經理抱持著懷疑，他甚至擔心店舖形象反而因此受到打擊。儘管如此，白尚熙工作還是做得不錯的，因此無法構成正當的解僱理由，著實令人為難。再加上當初並沒有訂下這份工作的期限，這下子更讓人苦惱了。

在白尚熙退伍之後，多家媒體即時報導了他的回歸消息，但是他卻無意再回到演藝圈。這輩子他從未憧憬過演員這個職業，在偶然的機會之下出道，也幸運地很早就獲得了矚目，他忙碌到連為跌落谷底預做準備的時間都沒有。縱使在墜下深淵的那一刻，白尚熙也不曾有過任何掙扎。他早已沒有什麼好感到絕望，剩下來的，大不了就是悽慘的死亡而已。

對於過去那段光鮮亮麗又忙碌的生活，白尚熙並不感到惋惜。就算沒有發生那個事件，他也不確定這種沒有熱情的生活還能維持多久。本是待在陰溝裡的命運，卻想覬覦陽光，必須付出的代價就是十四億元的債務。白尚熙並不感到著急。他無依又無靠，擁有的就只有一副軀體，這是白尚熙熟悉到不能再熟悉的生活。人生兜兜轉轉，彷彿又回到了十多年前的日子。因為現在稍微有些知名度，找工作須多費點心思，在外面吃飯或走路這種普通的行為也可能引起注意，但是時間總會解決這一切。和二十四歲的白尚熙成為了演員池建梧的時候一樣，現在歷經的，也僅是演員池建梧重新回到三十四歲白尚熙的一段過程而已。

「您要點餐嗎？」

白尚熙並沒有因排山倒海而來的關注所動搖。替客人點餐服務時，他那制式化的態度和緩慢的語調一如既往。他對演技既無熱情，也沒有突出的才華，卻能堅持了數年的演藝生活，或許正是拜他對周遭事物無感的那副冷漠所賜。他等待好一陣子，收銀台另一側的人卻沒有回應。長時間的沉默之後，白尚熙抬起了頭，一個女人正氣鼓鼓地看著他。白尚熙的表情沒有變化，但他並未再次向客人提出疑問，對於對方的沉默不語不再感到詫異。

「可以抽出一點時間嗎？」

問話的人正是白言熙。白尚熙聽了只是點點頭，沒有回話。

白言熙握著馬克杯的手微微地顫抖著。白尚熙刻意將自己的視線從白言熙的手上移開。不確定這是隔了多少年後的再會。入伍後自然是不用說了，自從白尚熙出道之後，兄妹倆從未好好地見上一面。白言熙沒有看向她哥哥，她的視線始終不安地在地板的某處徘徊著。

白尚熙沒有性急地問她為什麼會找來，也沒有好奇地關心她過得怎麼樣。他就只是靠著椅背而坐，耐心等待著白言熙主動開口。好像他本就是應該如此。過去的幾年當中，他一直都是這麼做的，這已經成為了一種習慣。不管是什麼原因，總是由妹妹這方主動聯絡他，兩人對話時，僅由她單方面地傳達著消息，而白尚熙總是安靜地聽著她說。今天也是相同的形式，沒有什麼改變。

「聽說你因為債務的關係，房子也賣掉了？那你現在住在哪裡？」

白言熙好不容易開了口詢問，卻好像不是真心想知道答案。白尚熙滿不在乎地用下巴指了下餐廳內部的方向。

「裡面有房間。」

「就算現在可行，你也不可能就一直住在這邊啊？以後打算怎麼辦？」

「什麼怎麼辦，就像以前那樣過啊。」

白言熙對如此隨便的答覆似乎感到很不滿意，盡可能迴避的視線忍不住撇了白尚熙一眼，使勁瞪著的雙眼當中滿是反感。

「哥以為自己還二十歲嗎？你已經三十了，是個很難去哪裡再重新開始的年紀了。但是你到現在還這麼沒有想法對策，到底以後是想怎樣啊？」

「妳覺得我能拿得出什麼對策？」

白尚熙笑了出來，簡直像在嘲諷似的反問。他情緒一點都不激動，用他特有的緩慢語調追問著「嗯？能有什麼對策？」白言熙被他問得張開了嘴，最後還是啞口無言地閉了起來。她氣憤地咬住了下唇，找不到合適的話來反駁。

「聽說你欠了很多？」

「與妳無關。」

「我也是很希望能與我無關。」

「那妳就別管。」

「要我不要管，那你就要去個我看不到的地方待著才行啊。」

「看不到的地方是哪裡？是要我去死嗎？」

「……我不是那個意思。」

「又不是我消失了，債務就會跟著消失。如果申請破產就能夠解決的話，我早就那麼做了。」

白言熙現在無疑也是個成年人了，不可能不清楚金錢財務運作的道理。

兩人的談話至此暫時中斷，白尚熙掏出了一根煙，與她劃清界線：「總之，我的債由我來還，妳不用管，也沒有必要這麼做。」

「你要怎麼還？在這種地方打工兼差？不然怎麼，難道要去給年紀跟媽一樣的女人倒酒？」

「如果那是個更好的方法，也不是不行。」

白尚熙自始至終輕浮敷衍的態度，讓白言熙終於動了怒氣。

「你是真的不知道自己的身分，還是在裝傻？」

「我是什麼身分？」

「你是個招搖的公眾人物啊！不管你去哪裡吃飯、和誰說了幾句話、像現在這樣湊合著打零工，網路上就到處都在談論著你的消息。你要怎麼像以前那樣生活？就算是玩笑話，你真的有辦法開口說你要回去以前那種地方上班？」

「所以我不是要妳別管了嗎！當作沒有這回事不就行了？」

「怎麼有辦法不管？你去當兵的時候，討債公司的天天找來，家裡、學校或是我工作的地方，我走到哪追到哪，每天威脅要我還錢，因為他們這樣，搞得所有人都知道你就是我哥哥！你真的……從來都沒有想到過我們是吧？」

「……」

「我根本不指望要過上什麼好日子，也從沒想過要受你照顧，我只想安安靜靜地過著一般的生活，這樣都不行嗎？好，我怎樣也就算了，但是寒熙呢？她都已經十八歲了，卻沒辦法自己一個人出門，這都是誰造成的，難道你已經忘了嗎？」

白言熙講到淚水盈眶，怨恨地看著自己的哥哥，然而白尚熙面對著這樣的她，臉龐依然平靜無波。

「是我唆使的嗎？」

「什麼？」

「我有到處去跟別人宣傳說我是她哥哥嗎？」

「……你現在的意思是說寒熙活該自找的嗎？」

「也不能說完全不是。」

「她都病了，從那天起直到現在，連別人的眼睛都無法好好直視，而你竟然說她……！」

「怎麼？妳乾脆說連她的出生也是我的錯算了？」

白尚熙語氣不耐煩地諷刺道。

白言熙緊緊握住拳頭，關節都泛了白。

「看來你真的是沒救了！」

「妳現在才知道？」

白言熙忍著淚深吸了一口氣，用力擦去自己眼角聚積的淚水，眼眶已經紅了起來。她重新調整了下呼吸，從包包裡拿出存摺，丟給了白尚熙。接著她整理好隨身物品，便從座位上站起身。

「我開始工作了。雖然沒辦法立刻拿出錢來，但是以前你幫助過我的那些，我會找機會一一還給你。」

她像是要藉此擺脫掉那些陳年舊帳，也彷彿蓄勢期待已久終於達成這件事情一般。白言熙平靜地宣告完這句話，神情看起來甚至有股鬆了口氣的感覺。

「所以……」

對於只有名字是唯一相似之處的這對兄妹來說，宣佈斷絕關係的話語，單單這兩個字就已經足夠了。

＊

「怎麼回事？」

姜室長一臉驚訝地走了進來，都還沒坐下，他就急著要問白尚熙來意，一副非常想知道的模樣。畢竟過去三個月期間，白尚熙可是完全沒有聯絡過他的，也難怪他現在會如此好奇。服務生過來詢問是否要追加餐點，姜室長點了一杯生啤酒，但是他的目光始終沒有從白尚熙身上離開，彷彿一秒都不想錯過對方的神情變化。

白尚熙聳了聳肩，看似沒什麼大不了地說道：「剛才我妹來找我了。」

「是喔？你們有在聯絡？」

白尚熙沒有回答，只是緩緩地搖頭。姜室長其實也不難猜出白言熙是怎麼找到她哥哥的。

「她是看到網路上的那些消息找來的嗎？」

即使這段時間他們連訊息都沒互傳過，姜室長對於白尚熙的近況還是很清楚的。因為「池建梧近況」這一熱門關鍵字，連日來在各大入口網站、社群媒體和論壇都成了高度討論的話題。有人還懷疑他是不是偷偷開始在準備復出，大家對於他產生改變後的生活展現了極大的興趣。雖然輿論仍舊是偏向負面的，但只要願意狠下決心，想要捲土重來，感覺不無可能。輿論行銷有什麼難的？其實光是姜室長身邊，就有不少人在詢問池建梧最近如何、有沒有回來演戲的打算。

然而，白尚熙對這些事情並不感興趣，他的話題焦點還停留在他妹妹身上。

「我都不知道，原來那些討債的一直去煩她。」

「啊……」

「明明是我欠的錢，那些人幹嘛還跑去找她們呢？」

「你以為那些人流氓當假的嗎？他們如果會看你可憐就手下留情的話，一開始也不會去當什麼野蠻的高利貸了啦。」

姜室長用啤酒潤了潤他那沒什麼好話可說乾脆閉上的嘴。為了解悶，冰涼的啤酒不斷地灌進身體裡，五〇〇毫升的酒杯一下子就杯底朝天。

「對不起，幫不了你的忙。」

「幹嘛說對不起，姜室長又沒做錯什麼。」

「當初再怎麼急，我也不應該那麼做的。誰能想到一起吃著同一鍋飯的傢伙卻最先背叛了我們呢？」

「算了吧，事情都過去了，而且是我自己造成的。」

兩人一時都沉默了下來。送來啤酒的服務生將酒放在桌上後，也忍不住瞄了他們幾眼。白尚熙出門特意戴的帽子看來似乎沒什麼遮掩效果。姜室長長嘆了一口氣，坦白直接地問道：「退伍後出來生活了三個月，感覺怎麼樣？光是利息就增加了一億兩千萬，沒有想到什麼好法子吧？」

姜室長並不期待對方真能給出什麼答覆。白尚熙也不說話，而是摳弄著無辜的杯子表面。默默注視著他的姜室長再次開口勸道：「建梧啊，別逞強了，跟你媽媽聯絡一下。」

「幹嘛老是提到那個女人？我跟她都多久沒見面了。」

「因為現在能拯救你的人就只剩下她，沒別人了。不管再怎麼說，至少是有血緣關係的不是嗎？上次發生的那個事件，她也對你出手相救。」

「那個哪是那女人幫的忙！」

白尚熙倏地推了下他手中擺弄的杯子。或許是對談話內容的走向不甚滿意，他的視線已轉去了毫不相干的地方。

由於暴力事件輿論發酵，連經紀公司都棄他於不顧，而受害者那方似乎也毫無和解之意。他雖然去拜訪了無數的律師事務所，沒有半個律師有信心能讓白尚熙免於判刑。無論什麼理由，只要被判了刑，演藝生涯肯定泡湯。當時已經知道違約金預計將高達數十億元，這是被演藝圈淘汰、遭到社會排擠的一個普通人所無法償還的金額。他的整個人生註定就這麼毀了。

就在這樣無所適從茫然若失的情況下，白尚熙第一次跟姜室長提起了他的母親。他並沒有解釋任何細節，只是豁出去地拋出一句話，要姜室長去找他母親，看看有沒有什麼辦法。

結果姜室長並沒有直接見到白尚熙的媽媽，他只向詢問來意的家裡人說明了情況，代為轉達。過了不久，就有律師團前來拜訪。律師團隸屬於知名律師事務所，撇開高額的費用不談，光是想要聘請到他們本身就很有難度。由於他們的介入，案件戲劇性地成功達成了協議，同時白尚熙也免去被判刑的危機。

只不過，違約金所造成的債務責任仍然是由白尚熙來承擔。

「那些傢伙他們肯定會這樣不斷找上門來煩你們，直到你還清那筆錢為止的。要不是真的受不了了，你妹妹怎麼會願意親自來見你呢？」

姜室長繼續逼著無動於衷的白尚熙，但是白尚熙看起來還是沒有要接受他這項建議的意思。姜室長再接再厲，不肯放棄。

「雖然這樣做是有些厚臉皮，但是你就閉上眼，忍耐一下，再讓她幫你一次吧？嗯？」

「你再繼續說這件事的話，那我先走了。」

白尚熙在姜室長持續地糾纏之下站了起來，姜室長連忙抓住他的臂膀，塞了一張名片給他。

「這是上次幫助我們那位先生的電話號碼，他說有急事的話，任何時候都可以跟他聯絡。聽說對方這次開了一間娛樂經紀公司，你知道印雅羅吧？那家公司第一個簽下的就是印雅羅的專屬合約。資本規模不用查了，是我們這些小老百姓無法想像的雄厚背景，但是公司好像從開局就規劃得很好，可以說在整個業界投下了一顆震撼彈欸。」

白尚熙是在網路上突然間得知這個消息的，就算沒有特地去搜索探聽，聲量也高調得足以引人注意。

「……」

白尚熙看著自己手裡皺巴巴的名片，上面寫著「秘書室楊俊錫」以及他的聯絡方式。

只有心血來潮之時，白尚熙才會出現在學校裡。就算好不容易出席，他也是從頭到尾都在睡覺，常常不一會功夫人又立刻消失不見。對白尚熙來說，上學除了出勤紀錄以外，似乎不具任何意義。

多虧了這一點，徐翰烈也得跟著忍受著極度無聊的摧殘。班上的氣氛就不用多說了，學校的課程內容也很糟糕。那些經常引發輿論的校園相關問題都沒有發生。就連徐翰烈期待已久的互動，也因為白尚熙完全性的無視而變得索然無趣。

白盈嬅對她兒子的生活毫不關心，白尚熙同樣也是如此。無論徐翰烈是如何詆毀或嘲諷他的母親，他都沒有做出任何反應。徐翰烈漸漸開始懷疑，自己究竟是為了什麼要每天浪費兩小時往返的通學時間。

徐翰烈待在泳池裡的時間越來越多了。他在水裡逗留一整個上午，開始昏昏欲睡了就小憩一下，再度游到筋疲力盡的時候他才罷休。沖了澡後，徐翰烈會在太陽底下把身體曬乾。等他穿著制服回到教室，通常已經是第四節課前後。

安靜的樓梯間，徐翰烈拖著有氣無力的步伐向上爬著。這時，突然有個腳步聲跟在他的身後。徐翰烈詫異地轉身往下看，只看到一個徐徐晃動而上的頭頂。他沒有看到對方的臉，儘管如此，憑藉著那不同於一般學生的體格和肢體動作，他也認得出來這個人是白尚熙。

徐翰烈停下腳步，佇立在原地。逐漸靠近的白尚熙不經意地瞥了擋在前方的人一眼，在發現到是徐翰烈之後，隨即轉過頭走上了樓梯。

「……」

明明不過轉瞬之間，徐翰烈卻感覺時間過了很久。剎那撫過他鼻尖的香氣被清晰地刻劃下來。雖然依舊是女性愛用的那種香味，和先前聞到的味道又不一樣了。徐翰烈心裡突然浮現一種古怪的感覺。通常每個人都有自己特別偏好的味道，所以一般都會喜歡差不多類型、氣味相近的系列。更何況不管是香水、身體乳或是洗髮精，這些個人用品要消耗到用完為止也需要好一段時間。據他所知，白尚熙根本也不常回去他妹妹們住的那個家。這一個個片段的思維在徐翰烈腦海中糾結成團，最後終於得出了一個結論。他這麼快就換女人了嗎？

徐翰烈楞楞地抬頭看著走在前方的白尚熙。白尚熙打了一個大大的哈欠，抓了抓自己的後頸。從晃動著的薄襯衫裡頭，徐翰烈剛好可以看見他寬闊的背部，就算沒有直接觸碰，也能感受得到那沒有一絲破綻的結實感。

嚴格說起來，白尚熙比徐翰烈大了一歲，他已經是個完全的成年人了。但是兩人之間的差距，絕不是單純因為那一年時間的關係。其實不只徐翰烈，就算在同齡人當中，也沒人能企及白尚熙的早熟程度。先撇開一眼就看出強烈對比的外觀不說，光是白尚熙身上那股不知如何形容的超脫氛圍，就已經和旁人十分不同了。

白尚熙是個過早踏入成人世界的孩子。一個被迫匆忙長大的孩子，和另一個防止遭受挫折打擊而備受呵護的孩子，兩者的世界是不可能會一樣的。兩人視野的深度或寬廣度自然也會因此而不同。也許白尚熙會忽視徐翰烈，就是因為這樣的緣故。正如學校這個場所，在他而言並不具有特別的意義，裡面的一切，包含了徐翰烈在內，對他來說都毫無理會的價值。

徐翰烈突然感覺到沮喪。同時，也產生了一股原因不明的焦慮。

「孩子們，起來了！」

數學老師敲著講桌，把在睡覺的學生們給叫醒。為了講解期末考範圍的題型，她不得不讓這些趴下去的傢伙們起來坐好。一時，整間教室怨聲四起，然而數學老師漸漸地對這種程度的反應開始免疫。她第一個赴任的學校偏偏是所男子高中，還來到一個大部分學生都放棄了數學的班級。剛開始她很難適應，但現在的她，已經不會為了普通的小事掉眼淚了。

當然，除了數學老師自己逐漸習慣了這一切之外，其他什麼都沒有改變。沒有人會害怕這位年輕的女老師。學生們偶爾會勉強妥協，但仍然都用厭惡的眼神看著她。

「那邊還趴著的那位同學是誰？」

數學老師墊起腳尖，瞥望著教室的某個角落。眾人們紛紛隨著她的視線回頭，一幅熟悉的情景隨即映入眼簾。

「是白尚熙。」

「他每天都在睡覺。」

講台底下相繼傳出了叫他起來也沒用的聲音。徐翰烈也是迅速地收回了投向白尚熙的目光。然而，他不應該選擇回頭的，因為數學老師並沒有打算放棄。她深吸口氣，像下定什麼決心似的，竟下了講台朝著白尚熙走去。意外的發展讓包括徐翰烈在內的全班同學，目光都跟隨著她而移動。

由於身材嬌小，她明明是站立在白尚熙趴伏的桌子面前，看起來高度竟相差不了多少。數學老師用她那根從來沒有體罰過學生的棍子，敲了敲白尚熙課桌的一角。不出所料，白尚熙毫無動靜，只有數學老師的臉逕自熱了起來。

但是這麼多的視線聚集在這裡，令數學老師無法就此退卻。她考慮到了未來的地位，覺得自己應該維護身為一名教師的威嚴。

「尚熙啊。」

她發出略帶一絲焦躁的微弱聲音。幾個傢伙在那邊嘻嘻地偷笑，觀看著數學老師困擾的模樣。

「白尚熙！」

數學老師這次更大聲了些，還用棍子輕點白尚熙的肩膀要將他給叫醒。白尚熙這時才稍微蠕動了下，不過僅止於此，連他睏乏不已酣睡的呼吸聲都未曾中斷。

「可以起來一下嗎？」

數學老師緊抓著白尚熙的肩膀搖晃他，就在下一刻，白尚熙突然間伸出手臂，悄悄地握住了數學老師的手腕。數學老師明顯地因為這番突如其來的接觸而震顫了一下。她匆忙地想要抽出手，逃離的手指頭卻被白尚熙給輕柔地包覆，再次曖昧地被抓在他的手心裡。沒多久，數學老師聽見白尚熙喚了一聲「老師」，嗓音帶著滿是睡意的沙啞。

「請妳通融一下，我整晚都沒睡。」

從這句話當中感受不到任何威脅之意。那些惟恐天下不亂的傢伙們露出了失望的表情。數學老師在平復了受驚的內心之後，體貼地問道：「很累嗎？」

「我快不行了。」

「但是既然你都已經來到學校了，還是起來吧，嗯？我要講考試會出的題目呢。」

「十分鐘，只要再給我睡十分鐘就好。」

「嗯……那十分鐘之後一定要起來喔。」

白尚熙一連點了好幾個頭，終於找回顏面的數學老師也再度回到了講台。彷佛跨越了一大難關，她的步伐和神情全都輕鬆了起來。其他同學們這時也感到無趣地收回了視線，只剩下徐翰烈還不停地注視著白尚熙。

白尚熙簡直就像變了一個人似的。那個木訥得如同石頭般的傢伙，為了那十分鐘的睡眠纏著老師通融的模樣看起來感覺好陌生。面對數學老師時的白尚熙，乍看之下竟顯得沒什麼距離感、講話溫聲細語的，甚至能從中窺得些許他在不讓對方為難的情況下，充分爭取自己利益的巧妙手段。

徐翰烈慢慢地轉回頭，望向了講桌的方向。數學老師的臉頰還微微紅著，繼續講著沒人在聽的課。

十分鐘就這樣到了嗎？數學老師的臉上浮現出欣喜的神色。徐翰烈無意中回頭一望，雙眼些微地張大。只見白尚熙竟然如約定好的從桌面抬起了他的上半身。他的兩眼還是睡意惺忪，也忍不住直打哈欠，但是他就這樣坐著堅持到了下課。實際上，當數學老師在講解考試範圍或考前猜題的時候，白尚熙還兩手插在口袋裡，一副愛聽不聽的模樣。

數學老師卻對這樣的白尚熙感到滿意無比。下課離開時，她還嘴型明顯地對著白尚熙說了聲辛苦了。白尚熙根本無所謂，立刻又趴下去睡覺了。

其實沒有必要特地賦予這件事什麼涵義。儘管如此，徐翰烈還是禁不住地想起數學老師和白尚熙兩人在一起時的身影。白尚熙握住了數學老師的小手，將她擁入懷中，然後和她接吻。這一連串過程，在徐翰烈的腦中彷彿流水般自然流暢地播放著。即便這只是他自己無端的妄想，卻感覺不到絲毫的違和感。

「……」

徐翰烈猛然對著桌子踹了一腳，桌上的數學課本受到摩擦力的衝擊，掉落至地板。

這麼看來，白尚熙並不是對誰都不感興趣的，原來他不會隨便地無視其他人。徐翰烈的心裡頓時不平衡了起來。

「他的傳聞可多了，在外面到處跟比自己年紀大的女人上床這個絕對是事實，我聽已經畢業的學長說，那個傢伙連跟學校的老師都有一腿呢！」

徐翰烈冷冷地盯著林燦盛，原先還想趁機悄悄坐在徐翰烈旁邊的他於是識相地保持了距離。坐在周圍的那群小團體一邊喊著熱，一邊搧著身上濕透的運動服。空氣中瀰漫一股難聞的汗臭味，很快變得悶熱起來。

就算站著不動也會爆汗的入夏時節，要不斷吸入又吐出這般高溫的空氣，著實不太輕鬆。體育課的時間，徐翰烈大多待在教室裡，只有在要打成績的時候他才會移駕到操場去，去了也是搶著最先得到評量分數後馬上回到教室裡。

即便如此，徐翰烈這天卻待在了陰涼的看台處，不停望著操場的方向。白尚熙似乎是被抓到上課時間在教室外面睡覺的樣子，他身穿制服，正在跑道上繞著圈跑步。學生主任站在操場的正中央，監視著他的一舉一動。經常性缺席、遲到、無故早退，早就虎視眈眈地想針對他的學生主任今天是算準日子了。就算從這麼遠的距離，徐翰烈也能看到白尚熙的襯衫正牢牢黏在他汗濕的背上。

「這小子，看看他那股狠勁，學生主任罰他跑三十圈，他還真打算跑完的樣子咧？」

「你確定那是狠勁嗎？難道不是精力？」

「靠，如果是那樣真的就要尊敬他了。」

林燦盛那群人在一旁低級地咯咯笑了起來，班導師對著他們這群吵鬧的學生吹起哨子。那幫傢伙於是低聲罵著髒話，拖拖拉拉地回到了操場。獨自留在看台的徐翰烈目不轉睛地，看著白尚熙沿著跑道移動的身影離自己越來越近，但是白尚熙的視線完全沒有朝向徐翰烈。徐翰烈盯著隨即又離他遠去的無情背影，從位子上起身。

熙嚷的炎熱令人口渴。徐翰烈越過了眼前的飲水台，走進了小賣部。他買了瓶礦泉水出來，卻瞥見操場上變得空無一人。學生主任消失了蹤跡，白尚熙也不見人影。要跑完三十圈應該還早的說。徐翰烈不明所以地回到看台區，突然間止住了動作。因為白尚熙不知何時竟跑來躺在這裡。

「哈……呼……」

粗重的喘息聲干擾著徐翰烈的耳朵。白尚熙閉著眼睛，調整了好一陣子呼吸後，陡然地坐起身，讓緊盯著他的徐翰烈頓時緊張地繃緊了神經。然而徐翰烈警戒半天，結果白尚熙只是起來脫下那黏在身上令他不適的襯衫，扔到了一邊去。無預警裸露在徐翰烈眼前的軀體，找不到半點青澀之處。隨著白尚熙每次呼吸，他的寬肩劇烈地起伏著，激烈跳動的心臟聲彷彿即將觸碰到徐翰烈的耳際。

白尚熙大剌剌地躺在地板上，等待著肺部的痛意消退。急促的呼吸艱難地從肺部擠出了不慍不火的氣息來。被汗浸濕的胸膛隨著他一次次吐息，膨脹變大，然後又消下去。徐翰烈擰起了眉頭。他沒辦法忍受自己的嗅覺、視覺、聽覺瞬間全被佔據吞噬的這股感官刺激。

歇息中的白尚熙抬起眼皮，望向那個在他頭頂上方盤旋的陰影。正低頭看著他的徐翰烈見白尚熙倏然張眼，毫不留情地對著他傾倒了手中的水瓶。被突然澆淋而下的礦泉水洗禮，白尚熙嚇得彈了一下，反射性地直起了上半身，徐翰烈卻尚未停止朝他倒水的動作。水柱徹底浸濕白尚熙的頭髮，從他的臉上順著下巴直至鎖骨與胸膛，直順地流淌而下。

「……」

「……」

白尚熙靜靜地張開了眼睛，直視著徐翰烈。儘管睫毛都濕了，還有些水跑進了眼睛裡，他絲毫不受影響，一動不動地看著徐翰烈。徐翰烈也面無表情地低頭回望他。兩人起因不明的無聲對峙，在白尚熙伸手擦拭下顎的動作之下終於解除。手背上沾到了水，白尚熙毫無顧忌地伸出舌頭舔拭。在對方帶著挑釁意味的眼神直視下，徐翰烈的眉頭擰得更深了。

「又在作怪，幹嘛啊你？」

或許是徐翰烈的錯覺，但是白尚熙的聲音聽起來帶了些鄙夷的味道。即便這個問題主語顛倒，意圖也不明確，徐翰烈的體內還是忽然有股火氣直衝而上，一種沒想到自己會這麼輕易被他識破的感覺。雖然那被識破的究竟是什麼，徐翰烈自己也說不上來。

「……我哪有。」

「別太超過，下次不會再讓著你了。」

徐翰烈一聽，拿著手上的礦泉水瓶狠狠地砸了過去。水瓶擊中了白尚熙的眼角，裡頭剩餘的水全都灑了出來，瓶身摔落在地面。下一個瞬間，徐翰烈已經撲上去壓著白尚熙的肩膀，朝他揮舞拳頭。奇怪的是，徐翰烈越是揍著這個面無表情的狂傲臉龐，就越是感到煩悶火大，完全沒有痛快解氣或是刺激的快感。應該是氣溫太高的關係，他想。都是這該死的熱暑害的。

班導晚了一步才發現兩人打了起來，趕緊吹哨制止，命令班上的傢伙們去把兩人給分開。徐翰烈的拳頭一直揮到了被強制分開時才終於停下。他揍到自己都昏了頭，手腕整個又痠又痛的。白尚熙依序撫摸著刺痛的下巴和被胡亂劃傷的脖頸，抬頭望向了還吁吁喘著氣的徐翰烈。他的眼神不帶溫度，就連在地上打滾的水瓶都沒有被他投以如此冰冷的視線。沿著耳後漸漸爬升的不悅感一下子佔領了徐翰烈的腦袋。

正式邁入夏季，清晨的溫度就將近二十度的日子連日持續著。就算坐著不動也感覺呼吸不順暢，空調的冷風亦遲遲無法化解那股乾渴。

徐翰烈開始了幾乎住在游泳池的日子，回到教室往往坐不到一個小時，就忍耐不住地又跑到泳池來。他其實並沒有特別喜歡游泳，令他沉迷的只是那份事後甜美的慵懶。要不斷地划開水流，直到氣力耗盡之後才能享受到的那分感受。雖然其他運動也能體會到同樣的身體脫力感，但是只有游泳不會滿身大汗得令人難受，這一點他相當滿意。

越接近泳池，首先感覺到空氣中的濕度在產生變化。雖然潮濕的空氣呼吸起來仍然有些吃力，至少感覺體溫是下降了許多。

徐翰烈都還沒走到更衣室就開始脫起了衣服，反正除了他以外也不會有人進出。他毫不遲疑地跳下水，平靜的水面被他完全打破，淹沒他燥熱的身體。他潛至水底，彷彿垂直下沉一般。聽力開始變得模糊，對現實世界的感覺也逐漸鈍化。徐翰烈喜歡這種虛無飄渺的寂靜。

他在水裡潛了許久，直到肺部感受到一股壓迫，才浮上水面。接下來，他開始奮力地劃開水面游行，等到四肢都划水划到疲憊不堪，不斷翻滾沸騰的那顆腦袋才終於平靜下來。手指頭的皮膚表面已經發皺。最後，徐翰烈放鬆了全身手腳的力量，任由自己漂浮於水面。

如此的安穩，簡直平和到了無趣的地步，好像可以就這樣沉沉睡去。

「……！」

這樣的安穩沒有維持多久，徐翰烈忽然感覺到一股陌生的動靜。他立刻站直了身體，警戒地看向游泳池的入口。這個時候不會有人進來，規定是這麼訂立的，過去也未曾有過例外。自己的空間遭到肆意無端的侵犯，徐翰烈的臉沉了下來。

然而，在見到了闖入者之後，徐翰烈臉上的表情倏地起了變化。對方似乎對這出乎意料之外的相遇更為驚訝。原先大大方方走進來的人，頓時停下腳步矗立在原地。那個人是白尚熙。

怎麼看白尚熙都不像是來游泳的，比較像是為了找一個沒人打擾的地方睡午覺，就這樣不小心找到這裡來的也說不定。平常睡覺時主要使用的屋頂正被烈日曝曬，空教室或體育館則是隨時會有人進來。和那些地方相比，游泳池完全無人使用。至少在徐翰烈轉學過來之前確實是如此的。再加上一滿池子水的庇蔭之下，夏天待在此處最為涼爽，大量的濕氣更是具備了助眠的最佳條件。

總不能一直僵持下去，徐翰烈游至距離最近的池壁邊。他輕踏了一下泳池底部，反彈躍起，覆蓋在全身的水流摩擦著他的身體，猛烈地發出了嘩啦聲，而後才墜流落下。明明是平常一點都不會在意的聲響，卻奇異地扎進了白尚熙的耳中。

將一頭濕髮順到了後方，徐翰烈拖著咚咚的腳步聲往脫下制服的地方走去。他的眉間因為眼前不情不願的狀況而微微皺起。他和白尚熙的距離正在逐漸地縮近。可能是他過於在意的緣故，徐翰烈感覺對方的視線緊緊地跟隨著自己。他努力忽視對方的視線，用毛巾粗略地拭去身體上的水分。正當他彎腰撿起襯衫時，低著的頭頂上方冒出了一團黑影。

「……！」

徐翰烈擰緊了眉頭，抬起臉來。白尚熙不知何時走近，正站立在徐翰烈身前。要是在平常，徐翰烈應該會因為他身上明顯散發的香味而有所感應的，今天不知為何沒辦法察覺。光是面對面站著，徐翰烈就覺得對方默默地奪去了自己的呼吸，令他不由自主地緊繃了全身。

「幹嘛？」

「這是我第一次親眼見到。」

白尚熙語速緩慢地像是在自言自語，眼睛看著的卻不是徐翰烈的臉，而是他的胸口。徐翰烈順著他的視線低下頭。這時，白尚熙的手指突然著朝徐翰烈粉色的乳頭靠近。他的指甲修剪得滿整齊的，或許是因為形狀獨特，讓人感覺他的指尖鈍而不圓。現在明明不是悠哉地鑑賞對方手指頭的時候，徐翰烈卻因為所有的感官都集中跟隨著白尚熙的動作，逼得他不禁產生出這些想法。

白尚熙的指尖直接觸碰到了徐翰烈的肌膚，如此確實的接觸，讓皮膚表面承受不住壓力而陷了下去。徐翰烈還無法意識到自己現在是發生怎樣的狀況，他愣愣地抬起頭，看到白尚熙入迷似的，正專心地凝視著自己的胸部。他的食指和中指之間預留了一個乳頭的距離，摸著徐翰烈的肉體緩緩地向上滑動。徐翰烈的呼吸就在他人施加的微小壓力之下無措地開始急促起來。

白尚熙的手指頭恰好地滑至乳頭兩側的位置，修長的食指慢慢地彎曲，親手將粉嫩色澤的肉塊輕柔地碾壓。徐翰烈在這樣赤裸裸的刺激下，倏地向後退縮。從他頭髮上滴落的水珠碰巧打濕了白尚熙的手指。白尚熙這時才彷彿從催眠當中清醒過來，神情恍惚地低頭看著自己的手。

徐翰烈閉緊了嘴巴，由於下巴顫抖個不停，他乾脆抿起了整個嘴唇。不這麼做的話，劇烈跳動的心臟簡直就快要從他嘴裡蹦出來。心臟實在跳得太大力，震得他胸口都在發疼。瞳孔像是迷失了方向，使得他的視線漫無目的地搖晃著。剛才游的泳都白游了，感覺全身都在發熱。

徐翰烈連忙抓起衣服就要離開。他越過了還僵在原地的白尚熙，走了幾步，又覺得氣不過，折返回去朝白尚熙的膝蓋後方使勁地踹了下去。白尚熙的膝蓋撞在地板上，順勢跌坐在地。徐翰烈還搧了他後腦杓一把，隨後才逃離了泳池。

現在就連頸側的脈搏也在瘋狂跳動，整個身子都在燃燒，甚至是離開泳池之後，反倒感覺一股涼意襲來，令人錯亂。

徐翰烈不知道自己是怎麼回到教室的。他失了魂似的呆坐著，每個進來上課的老師都關心地問他「還好嗎」、「有沒有事」。儘管老師勸他去保健室休息，

他還是堅持要留在座位上。他的眼睛睜著，但卻什麼都看不到，雙耳就像潛在水裡時矇矇朧朧地聽不真切。徐翰烈的心臟好像終於故障了，讓他快要喘不過氣，大腦也過於空白。

教室的後門每開一次，徐翰烈的肩膀就跟著它抖一次。他會快速地回頭，確認每一個進門的人影。他的這番行為不管怎麼看都很可疑。在一旁觀察著徐翰烈、搞不懂他在幹嘛的的林燦盛還開玩笑地問他：難道是在游泳池見到鬼了嗎？結果徐翰烈異常凶狠地回罵他，要他別亂說屁話。被他這麼一罵，林燦盛是更加地疑惑了。徐翰烈的異常行為一直持續到了放學。白尚熙那天沒有再回到教室。

那天晚上，徐翰烈在夢中與他再度碰面。夢裡的白尚熙對著徐翰烈上下其手，摸遍了他身體的每一個角落，搓揉到他發痛的地步。儘管是自己的夢境，徐翰烈卻無法隨心所欲地移動身體。白尚熙指尖所觸碰到的每一處，都引燃了可怕的熱度。當徐翰烈掙扎著，總算張開眼睛時，他的內褲已經濕透了。

這是徐翰烈第一次的夢遺。

徐翰烈感到十分困惑。

他知道自己其實並不普通，無論何時何處，和他初次見面的人，總是會先提及他好看的外表。小時候會被人取笑，往往是在骨骼剛開始長大、體毛益發濃密的青春時期，他因此很忌諱別人對自己抱持著好奇心，那讓他覺得很不舒服。而不管是哪一種原因，別人對他的關注都無法持續太久，因為他不會任由別人繼續對自己感興趣。

那麼，為何那時在游泳池，自己就這樣傻傻地任由對方下手呢？徐翰烈左思右想，試圖想辦法釐清自己的行為。但是他並沒有找出答案。

在他反覆地自我提問當中，出現了一個新的疑問。那時候的白尚熙有清楚地認知到對方是誰嗎？回想起來，自己並沒有真正地和白尚熙交談，也沒有聽他親口叫過徐翰烈這個名字。白尚熙的視線、意識，還有他說出來的話語，沒有一項是好好對著自己的。

不久之前在操場看台的那次騷動，若不是徐翰烈率先刺激對方，到頭來，白尚熙肯定會裝作視而不見。不管徐翰烈反覆推敲多少次，結果都是一樣。白尚熙從來沒有先認出徐翰烈過、他不曾在徐翰烈面前表露出任何情緒，也沒有因此觸發某種好感或是施加什麼傷害。一直意識到對方的人，只有徐翰烈自己而已。

為了白尚熙，徐翰烈的自尊心嚴重受創，感到耿耿於懷。而白尚熙這次卻第一次主動靠近徐翰烈，還如此直截了當地動了手。他並不是為了叫來監護人，也就是他的生母白盈嬅，像上次那樣刻意對徐翰烈施暴，他這次的舉動不含因果性的計算，也沒有懷著什麼期待。正因為如此，更難以猜測出他的意圖來。

不管怎麼想，徐翰烈還是無法靠自己獲得答案，他必須直接去問當事人才行。問他為什麼那麼做，問他那時候的舉動究竟是什麼意思。

徐翰烈一心一意等待著白尚熙出現。為了等他，徐翰烈比平時還早到學校，也不再去以前頻繁出入的游泳池，成天就盯著門看。即使是上課時間，徐翰烈的注意力也集中在緊閉的門廊上。

但是白尚熙卻遲遲沒有現身，一天、兩天、三天，時間不斷地流逝。班導師沒什麼誠意的朝會、讓人喘不過氣的酷暑，還有令人窒息的汗臭味都依舊不變。無處發洩的怨怒和煩躁隨著一天天的累積，變得越來越大。

白尚熙的登場是在整整一週之後。徐翰烈快步走近，不管三七二十一地揪起他的領口，拖著他就往別處去。見到有突發情況，林燦盛和那群人根本什麼都不清楚，卻還是跟了上去。他們頻頻追問著是發生什麼事了，徐翰烈都不肯回答。白尚熙被徐翰烈粗魯地拖著走，也不抵抗，就只是跟著他前進。

一直去到了廁所，徐翰烈才一把甩開白尚熙的衣領。瞬間失去平衡的白尚熙腳步不穩地撞在牆壁上。在裡頭上廁所或是洗抹布的同學們都忍不住睜大眼睛回頭查看。隨後跟來的林燦盛那群人叫罵著，把廁所裡的人都趕了出去。

情況看似一觸即發，然而，靠在牆上的白尚熙卻看不出有一絲的緊張。和他對視的徐翰烈眼神些微地晃動著。林燦盛觀察了下情勢，將整條手臂搭在徐翰烈的肩膀上。

「小子，是又發生什麼事了？這傢伙又惹你了嗎？」

「出去。」

「幹嘛，我們可以幫你啊。」

「我叫你出去你是沒聽見嗎？」

徐翰烈沉著臉，轉頭看向了林燦盛，「還是要先從你開始修理？」低聲的威脅很是陰沉。林燦盛仍是一副嘻皮笑臉，乖乖地退開。他和那群人離開前還關上了門。接著，外面傳來了那群人在驅散圍觀群眾的聲音。

在一陣混亂嘈雜當中，徐翰烈和白尚熙的目光仍然在拉鋸對峙著。首先開口的是徐翰烈這方。

「你沒有什麼話要對我說嗎？」

「沒有。」

白尚熙一臉真心不懂的無辜樣，似乎真的想不到任何讓徐翰烈抓狂的理由。徐翰烈實在是無言以對，乾脆笑了出來。短暫的冷笑過後，徐翰烈的臉龐帶著前所未有的寒意。

「那我就打到讓你開口為止。」

徐翰烈毫不猶豫地揍下去，白尚熙的臉倏地偏至一邊。徐翰烈抬起腳，用力朝他的腹部踢踹。沉重的衝擊之下，白尚熙重心不穩地腳步踉蹌，徐翰烈立刻一腳將他絆倒在潮濕的地面上，接下來便朝著白尚熙的下巴、側腹、背部之類的地方恣意地踩踏。心中那種墜落谷底、被人糟蹋的心情很快地感覺到好轉。

他使盡全力地對白尚熙加以摧殘，連自己背後汗濕了一片都渾然未覺。但不知為何，白尚熙一次都沒還手，也沒有任何防守的動作。等到徐翰烈恢復了理智時，他的呼吸已經急促到肩膀不停在聳動的程度。心臟跳得太快了，耳邊也在嗡嗡作響，徐翰烈整個人都在暈眩，晃得他連連搖頭。

整理了下凌亂的頭髮，徐翰烈喘了口氣。白尚熙這時倚靠著牆壁，將上半身撐了起來。被蠻不講理的暴行攻擊，他的嘴唇裂開，眼角和下顎周圍也都又紅又腫。即使模樣如此慘烈，卻不見他有半點退縮之意。一個人被單方面的暴打，連還手的餘地都沒有，照理說，不管是誰都會感到洩氣，這是一種動物的原始本能。但是白尚熙臉上的神色，怎麼看都不像是剛挨揍的人。

「打完了嗎？」

白尚熙輕描淡寫反問的語調平穩，嘴角甚至微不可見地上揚著。他不是徒然在虛張聲勢而已。徐翰烈再次感覺一陣頭暈目眩，他氣都喘不過來了，還是朝著白尚熙撲了過去。他緊揪著白尚熙的領口，揮落拳頭，白尚熙被揍得後仰，就在徐翰烈再次抓起他正要下手的剎那間，透過襯衫敞開的空隙，徐翰烈看見了他身上有淡紅的瘀痕。從脖頸處開始，一直到鎖骨附近，密密麻麻地分佈著。應該是剛生成不久，痕跡邊緣都還很明顯，嚴格來說，不會是因為徐翰烈的暴打所造成的。

徐翰烈知道那是什麼，那是赤裸裸的做愛後的證據。它也證明了過去一個星期以來，白尚熙一直過著與徐翰烈完全無關的生活。當徐翰烈自己一個人在回顧著那天的事情，腦中極其混亂地掙扎的時候，白尚熙已將當時的事忘得一乾二淨。他將徐翰烈從腦海中完全抹去，毫無顧忌地抱著女人，和她肉體相互交纏。徐翰烈感覺自己身體的溫度驟然蒸發了一般。

「骯髒的東西。」

徐翰烈吶吶地低語，突然踹了一旁的手動拖把脫水桶，裡面翻湧的污水恰恰濺在了白尚熙的身上。徐翰烈仍舊氣憤不已地對著廁所隔間的折疊拉門補了一腳才走出去。雖然被潑了一身髒水的人不是他，徐翰烈的臉色也跟那個人一樣的難看。

——現在——

「代表，已經抵達了。」

聽到喚醒自己的聲音，徐翰烈掀起眼皮，車子已經停在本家的宅邸前。他想起自己是為了配合晚餐，算準時間從公司離開的，看來是移動途中不小心睡著了。徐翰烈的後座上散落著各式合約、企畫案、劇本等文件。看到一半的新聞稿簡報突然從手中滑落，覆蓋在膝蓋還有地板上。雖然每一個事業的創立過程都是充滿艱辛，但徐翰烈最近真的是忙到不可開交。尤其這次做的事不是在播種發芽的階段，而是必須埋頭苦幹地搬運巨木，因此更是辛苦。

今天也是因為難得全家人聚在一起共進晚餐，他才好不容易抽出了時間。

這次是為了慶祝徐會長出院、徐宗烈的事件順利結束，還有慶祝徐朱媛升為總裁的聚餐場合，由於每個人各自的行程都相當繁忙，時間上要剛好配合可不容易。

才剛下車，徐翰烈就聞到了各種食物的味道，氣氛熱鬧到就算說今天是在過年，可能也會有人相信。徐翰烈正要進門，發現院子裡的一個人影，於是停下了腳步。徐朱媛對他說著「你來啦」的同時，把手上的菸給熄滅了。一陣子沒見，徐朱媛剪短了頭髮，露出細長光滑的頸項，較先前給人更加優雅知性的印象。徐翰烈並未多加欣賞，而是朝她笑著拍了拍自己的後頸。徐朱媛嗤地笑了出來，走近徐翰烈後勾住了他的手臂。

「你好像瘦了？」

「有嗎？」

「工作，很忙嗎？」

「妳幹嘛明知故問。」

「我不知道你會這麼拚嘛！有沒有什麼要我幫忙的？」

「那個叫我不要做無謂之事的人是去哪裡了？」

「我現在還是這麼想的，只是你既然開始了，就不能丟臉，要好好表現才行。」

果然是完美主義者的發言。徐朱媛提示他說大家都到了，一邊打開了玄關大門。一向安靜的屋子裡人聲鼎沸。徐會長坐在最上座的位置，旁邊坐著姑姑和姑姑的子女們。對面是伯父伯母還有徐宗烈一家，正一臉罪人的模樣在喝著茶。父親則是如往常般地沒有出現在這裡。

「爺爺，翰烈來了。」徐朱媛提醒道。

徐會長明顯地露出了柔和的神色，說了一句「現在才來嗎」，示意徐翰烈過來沙發坐。徐翰烈和徐朱媛找了個空位坐下。雖然是和徐會長面對面的位置，但實際距離卻相隔最遠。儘管如此，徐會長的視線一刻也沒有從徐翰烈身上挪開。

他對著徐翰烈仔細地打量一番，直接在眾人面前咂舌說道：「那什麼樣子，為什麼現在才到？難道是要我們都餓著肚子等你一個嗎？」看似不滿的指責，卻帶著疼愛之意。

徐翰烈在爺爺面前也不會特別緊張，在徐會長的親信或家人之中，唯獨徐翰烈如此。

「我也想早點過來的，但是路上塞車了。」

「反正啊，就是令人不滿意，想見個面這麼難，到底是在做什麼了不起的事業？」

「怎麼這麼說呢，爸。最近到處都可以看到翰烈的消息呢。」

姑姑立刻在一旁投其所好地假裝為徐翰烈說話。表親們的眼神也都一副很好奇的樣子，只是礙於座位的關係不便開口。

「那怎麼會是這小子的功勞呢？這要多虧了有公司在背後給他當靠山啊。」

「不過這是翰烈第一次自己主動開始的事業，再多給予他一些關注吧，爺爺。」

徐朱媛也幫著說了一句好話。姑姑聽了立刻跟著附和道「就是說啊」。徐會長神情不悅地聽到一半，忽然訂下了期限。

「宗烈也是，休息個一兩年後就要回來，到時候輿論也差不多消停了。兩年夠久了，大韓民國的人們容易群情激昂，但忘性也大不是嗎？」

徐宗烈默默地答了是，但是徐翰烈卻沒有任何答覆。「你怎麼不回答」，徐會長正追問著徐翰烈，白盈嬅從廚房現了身。

「晚餐準備好了。」

徐會長不甚滿意地咂了咂嘴，從座位上起身，所有人也默默地跟著他移動。十人用的餐桌難得被坐滿了。白盈嬅看起來正忙著把準備好的餐點加熱後端到餐桌上。她的穿著與幫傭們截然不同，筆挺的白色單件式套裝裙，連個圍裙都沒繫上。大家已經開始用餐了，卻沒有半個人招呼她入座。

「翰烈啊，你今年多大了？」

在食物的調味如何、什麼東西好吃的閒話家常之中，姑姑突然間丟出了這麼一個問題來。她並非不知道問題的答案，徐翰烈不過是生日早了幾個月，事實上和她的大兒子同年。

「二十九。」

「天哪，都已經二十九了嗎？爸，翰烈都快要三十歲了，是不是也差不多該開始打聽結婚對象了？」

看來，這才是她真正的目的，說不準還想給徐翰烈當起媒人來了。徐會長沒有應聲，只是直直地注視著徐翰烈。徐翰烈像是聽見了什麼笑話，噗哧地笑了出來。

「姑姑也真是的，誰會要嫁給我啊？」

「怎麼這麼說呢！你有什麼不好的？家世好、學歷好、個子也高、臉蛋又長得好看，很帥氣不是嗎？我身邊有一堆人要求幫忙牽線呢！」

「那是因為他們不夠了解我吧？」

徐翰烈意有所指的回答讓餐桌上霎時一片靜默。「難道不是嗎？」徐翰烈一邊看著他姑姑一邊反問道。雖然表面上仍是面帶微笑的模樣，但他可不是那種沒心眼的單純貨色。而他的姑姑，仍然是無法遵守察言觀色而後謹慎發言的禮節。

「哪有，那些來日不多的老男人們都能娶到老婆了，你有什麼不行的？」

「哎好了，那種事等以後情況慢慢好轉之後再來考慮也不遲，別說了。」

徐會長這時出面阻止了話題的延續。徐家原本就是子孫香火不繁盛的家族。除了伯父是徐會長在外頭生下的子嗣之外，就只有徐翰烈的爸爸和姑姑這樣一對兄妹。而徐宗烈是獨生子，頻繁換女人的父親和早早嫁人的姑姑也都各留下兩個孩子而已。在不出五根手指頭的孫輩當中，徐會長特別疼愛的就是徐翰烈，因此也更是期待著他能早日成家。

不過徐會長並不著急，每當提起相關話題，他反而還會像現在這樣跳出來打圓場。有些人甚至覺得是不是徐會長替孫子找另一半時，過於千挑萬選，才導致遲遲沒有結果。雖然傳言內容不完全錯誤，但是真正的理由倒不是他們所形容的那樣。

「是說，怎麼又沒看見你爸爸了？公司的問題鬧得這麼大，他也該出來露個面吧。」

「我有跟他聯絡過，他好像是非常忙碌的樣子。」

徐朱媛雖然盡量幫忙說話，姑姑立刻又在一旁諷刺：「肯定是忙到不行吧，要去討好那些比自己孩子年紀還小的小朋友。」

白盈嬅這時終於忙完所有上菜的動作，在空位子坐了下來。姑姑做出誇張的表情，憐憫地看著她。

「白部長該怎麼辦才好？要是小美眉肚子很爭氣的話，這樣下去妳不就要落得一個無奈的窘境了？」

白盈嬅沒有理會她。這種情況對她來說已經是司空見慣，她的神情沒有任何的改變。

儘管白盈嬅進了徐家，徐翰烈的父親並沒有因此收斂，大部分的日子都不見他回來。兩人最後也沒能登記結婚。雖然過去的十年間，白盈嬅一直堅守著自己的位置，以女主人之姿在徐家待了下來，但是兩人實際上的關係是否還能稱為事實婚姻，這一點著實令人質疑。白盈嬅之所以能堅持到現在，是因為一直沒有出現其他威脅到她的存在。如同姑姑所說，如果徐翰烈父親的年輕對象真的有了小孩，那情況就大不相同了。

「啊，對了！最近白部長的兒子成了話題人物呢！妳知道嗎？每次快要遺忘他的時候，他的名字就又會出現在熱門關鍵字裡耶。哎，那個事件感覺還像昨天剛發生的，聽說他都已經退伍啦？」

姑姑不忘拿白尚熙的事情出來說嘴。這下包括徐翰烈在內的所有人，都同時朝白盈嬅看去。白盈嬅僅是沉默著，連桌上的湯匙都還來不及碰。對八卦閒聊一向不感興趣的徐會長這時發出一個淺顯的疑問來。

「妳在說的是什麼？」

「爸，白部長的親兒子不是在當演員的嗎？」

「那傢伙怎麼了？」

「他惹出了一些事，所以入伍去當兵，最近剛退伍的樣子。結果退伍之後大家還是對他非常關注，這幾天他的近況之類的消息被傳到網路上，熱鬧得很呢！」

徐會長不以為意似的哼了一聲，繼續吃他的飯。但是過了沒多久，他突然叫了一聲「白女士」，視線仍停留在自己的湯碗裡。

「是的，會長。」

「我知道妳會自己看著辦的，但是那些亂七八糟的事情要解決掉。妳也沒別的能補償了不是嗎？」

「……我知道了。」

白盈嬅彷彿感到很沒面子，聲音細如蚊蚋，無辜的桌巾被她捏出了皺摺來。

「該拿那台車怎麼辦啊？」

咖啡店的經理正伸長了脖子眺望著窗外。白尚熙也抬起眼，順著他的目光看去。

一台高級轎車就停在了店門口正前方的路上不肯離去。明明屬於禁止停車的區域，那台車卻在那裡停留多時。它如果只是安靜地待著，還不至於引起多大的注意，但是這台車卻每隔一段時間就會按個喇叭，很明顯是具有特殊的意圖。店內的顧客們也被打擾，開始頻頻瞥向窗外。

「沒辦法了，這不報警不行。」

「我出去看一下。」

「可以嗎？」

「嗯，請幫我顧一下櫃台。」

「喔，好。」

白尚熙脫下圍裙走了出去。等他一靠近那台車，完全暗黑的車窗緩緩地降了下來。白尚熙傾身向車內低頭看去。裡頭的司機彷彿忘了方才自己失禮的行徑，非常禮貌地向他點頭。白尚熙認得那張臉，雖然在他記憶中，並沒有留下什麼好印象。

「好久不見，是夫人派我過來的。」

是了，他想起來了。當年白尚熙以演員身分出道沒多久，這個人也曾像現在這樣來找過他。他沒有特別給過名片，也從沒報上自己的姓名。但感覺他不似單純只是白盈嬅的司機，更像是她工作上的助手。

「又有什麼事了嗎？」

「請先上車吧。有要緊的事要告訴您。」

雖然語氣彬彬有禮，卻又像是在威脅著白尚熙，如果不上車的話，他就要繼續按喇叭了。白尚熙順從地放棄了對峙，坐進副駕駛座。

轎車載著白尚熙駛至附近的一個公園。平日的人本來就不多，他還特地停在一個僻靜的場所。白尚熙彷彿相當煩躁地撥了幾下自己的頭髮。

「有話就快說吧，我不能離開太久。」

「在這之前，想先問您一件事。您現在在做的這份工作，以後也打算繼續嗎？」

「你問這個要做什麼？」

司機沒有回答，而是遞出了一袋文件給他。白尚熙像是無法理解眼前事態的發展，他歪著頭問道：「這是什麼？」

「夫人說她會償還白尚熙先生的一切債務。」

白尚熙不由得發出了一聲乾笑。

「那個女人幹嘛要這樣？」

「因為您的私生活一直被強迫暴露在外，若您是因為那些違約金債務的話，就不必再糾結於此了，去找個更穩定的工作如何呢？這是夫人的意思。」

白尚熙嘁了一聲，不是在嘲笑轉達的司機，而是自嘲的笑。他純粹是覺得「穩定的工作」這個說法也太過違和。白尚熙該如何才能找到一份比現在更穩定、更正常的工作呢？白盈嬅不可能不清楚這一點的。

「但是，有兩項前提條件。」

白尚熙聽了，眉毛略微地挑起。似乎從現在開始的內容才是司機來訪的真正目的。

「第一點是您必須退出演藝圈。若是復出的話，免不了又要因為過去的事情再次鬧得沸沸揚揚，勢必會給夫人造成麻煩。不管是用怎樣的方式去解決，夫人只希望您不要再引起任何騷動。剩下的一點就是，希望您能出國到海外去生活。」

白尚熙再次失笑。足足過了十年的時間，這段日子以來，白盈嬅主動找白尚熙見面的次數只有兩次。一次是白尚熙作為新人演員獲得了一些知名度的時候，另一次就是現在。而且，這兩次還都不是白盈嬅本人直接出面，白尚熙根本無從知曉這十年來自己的母親蒼老了多少、容貌變成了什麼樣子。

她只有在自己需要的時候才會找她的孩子，甚至每次都還有附加條件。不知不覺間，她完全變成那種有錢人家的夫人，姿態高高在上，使喚著別人做一些亂七八糟的骯髒事。不對，這些事情其實怎樣都無所謂。他們母子之間的緣份早已斷絕許久。對於成年的白尚熙來說，白盈嬅再無任何應盡的義務。只要像過去那樣，雙方各走各的路，互不相犯就可以了。她偏偏非得久久要來上這麼一次，做出讓人感到噁心的事，再度展現了白尚熙至今無法理解的邏輯。

「那個女人，她知道她的孩子們過得怎樣嗎？司機先生，你有像現在這樣去找過她們嗎？」

「如果有必要的話，除了您目前背負的債務外，夫人還會支援您在國外定居的安置費用。」

司機逕自顧著轉達白盈嬅交代的話，沒有回答他的問題。想到她隨心所欲地生下孩子，生完又一心想要除去這些累贅，尤其特別針對恐怕成為自己絆腳石的兒子。白尚熙的內心扭曲了起來，他對白盈嬅已不再懷有任何的情義。正如白盈嬅曾說的，白尚熙和她相像的不僅僅是外表而已。

「國外？我幹嘛要去國外？」

白尚熙口中叨念著不留情面的話語，同時直接撕掉了那個沒打開看過的文件袋，一把甩開，開門下車離去。

回到店裡，白尚熙直接進了更衣室。店經理跟在他後面追問他做了什麼，他也悶不吭聲。他從櫃子裡拿出自己的褲子，翻找的動作顯得有些急躁粗魯。很快的，一張皺巴巴的紙片被他找出來抓在手上。正是不久前透過姜室長收到的那張名片。

過去

從早上開始，徐翰烈的身體就不太舒服，是低血壓的症狀。他蹺掉所有的課，躺在保健室裡。空調裡吹出來的冷風令他反胃，他於是把棉被拉到了脖子之上。無法輕易入睡，就算閉上了眼，燈光發散出的光線分子四射在眼皮上，刺激著他的眼簾。遠處的操場傳來一陣陣喧鬧的笑聲。他彷彿睡著了，又像是還醒著。

徐翰烈處在一個朦朧的狀態，最後慢慢地睜開了眼睛。保健室老師不知道去了哪裡，沒看到人。

他撐起身體，離開了保健室。因為是上課時間，走廊上靜悄悄的。他拖著步伐爬上樓梯。這堂是體育課，教室裡沒有半個人。除了趴在位子上睡覺的白尚熙。

「……」

徐翰烈不知道在想些什麼，逕直朝著白尚熙走近。隨著逐漸拉近的距離，白尚熙疲憊的呼吸聲也變得清晰可聞。虧得他沒有打呼。徐翰烈從小就習慣了一個人睡，因此不曾在近處聽過別人的呼吸聲。原來陷入熟睡的人，連呼吸聲都會變得這樣甜美啊，他突然冒出了這樣的想法。

就這麼楞楞地看了半天，徐翰烈悄悄地傾下了前身。他逐漸加深的陰影在白尚熙寬闊的後背上晃動著。與此同時，新款的身體乳味道搔癢著他的鼻尖，這次是清新的柑橘調香味。

徐翰烈扭著脖子，凝視著白尚熙從窄小的課桌上掉出來的手。他的指甲還是修得很整齊，表面甚至亮澤到會反光。簡直像是有人特地為他精心修剪的。當它與自己相觸，比起指甲的斷面，會先感受到尖端柔軟的皮膚。徐翰烈盯著這個指尖，自然而然地想起了先前在游泳池畔發生的事。想起手指頭在濕潤肌膚逆行而上的那股壓力，想起對方無意中蹂躪了敏感乳尖的那個手勢。

徐翰烈神情不悅地俯視著白尚熙的頭頂，上身又更加前傾了一些。隨後，他緩慢地將頭偏向了白尚熙明顯暴露在外的後頸。鼻子湊近了耳際，剛才聞到的柑橘香氣撲鼻而來。白尚熙的體味若隱若現地揉合在其中，一種奇妙的感覺在徐翰烈脖子內側撩撥著。

徐翰烈過了一陣子才回神，整個人向後退開。但是來不及了，他鼓動的脈搏已經如燎原烈火一般熊熊燃燒，就算試著深呼吸也毫無改善。徐翰烈慌張地想回去自己座位，卻在這時不小心碰到了白尚熙的手。明明還在睡夢中的白尚熙，突然一把握住了徐翰烈的手腕。徐翰烈被他嚇了一大跳，肩膀一震。但白尚熙沒有放開手，反而還順勢向上撫握住他的內側手臂。輕柔又微癢的觸感讓徐翰烈的背脊細細地發顫。他有心要掙脫的話根本不是問題，此時卻是無法將他的手給抽出來。

「再多睡一下，嗯？」

白尚熙纏著要繼續睡覺的聲音帶著疲倦和沙啞，拉著徐翰烈的手臂也更執意地要將人往自己的方向帶。徐翰烈正欲拿出力氣抵抗，握住他手腕的力量頓時消失。過了一會，白尚熙一臉疑惑地抬起了臉。徐翰烈沒有半點閃躲的機會，兩人的視線在極近的距離之下相撞在一起。

「……」

「……」

噗通、噗通、噗通、噗通，徐翰烈的心臟急遽加速地動作，血液快速竄流。白尚熙轉動著眼珠子，試圖掌握眼前的情況。徐翰烈看著對方原本有些朦朧睡意的瞳孔逐漸變得清晰，這一幕彷彿慢動作播放似的映入眼裡。白尚熙倏地鬆開手，沒想到下一刻，徐翰烈卻反手抓住他不放，緊接著揪住了白尚熙的領口。

「……？」

徐翰烈莫名其妙的舉動讓白尚熙看了看自己的衣領，接著又看了看徐翰烈的臉。他此刻生硬的表情，和剛剛吵著要睡覺的模樣簡直判若兩人。徐翰烈感覺體內有什麼東西在翻湧著，一股腦地向上竄。他拉近了白尚熙的衣領，使勁地把自己的嘴唇貼在了他的唇上。唇瓣突如其來的碰撞，首先感受到的是一陣疼痛，白尚熙甚至發出了微弱的痛呼聲。

徐翰烈急促地吸吮著白尚熙乾燥的唇。這或許稱不上是一個吻，只不過是嘴唇在互相擠壓和摩擦罷了。緊密貼合磨捻的嘴唇在發著燙。徐翰烈的鼻尖碰在白尚熙的臉頰上，滲透到他鼻息裡的不是人工的乳液香，而是皮膚散發出來的淡淡氣味。

徐翰烈的手腕被白尚熙用力地抓住，徐翰烈試圖抵抗，但無法與那股急欲掙脫的力量抗衡。白尚熙推開徐翰烈的胸膛，兩人相連在一起的臉龐登時被分了開來。徐翰烈的瞳孔還因為極度的混亂和尚未停歇的興奮而顫抖不已，一時之間像是忘了要怎麼呼吸。白尚熙看著他的模樣，皺起眉來。

「你是同性戀嗎？」

徐翰烈彷彿聽見了什麼怪異的發言似的。他重新思考了一下，還是覺得對方很不可理喻，先摸人的到底是誰啊！他一氣之下，再次揪住白尚熙的衣領朝自己的方向拉，然而白尚熙即刻偏過了頭，他的嘴唇只親在對方的下巴上。不管他試著強吻多少次，結果都只在白尚熙的臉頰、耳側還有脖子上勉強擦到邊而已。白尚熙不耐煩地閃躲著，最後驀地推開徐翰烈的臉，從位子上站了起來。

「我叫你停下來。」

白尚熙嗓音低沉，語氣甚至不太激動，他的這句話還是讓徐翰烈整個人徹底清醒，宛如頭頂被澆下一桶冷水似的動彈不得。白尚熙瞪了他一眼，旋即轉身離開了教室。途中還啐了一口口水在地上，以表達他徹底的拒絕。徐翰烈高漲的體溫瞬間冷卻下來，他盡情地踢著空蕩的桌椅好發洩心中升起的不快，卻一點都無法排解那股憤恨之意。他那不懂得看臉色的心臟，這時仍舊在怦咚怦咚地亂跳著。

——現在——

徐翰烈猛然掀開眼皮，驟然間開闊的視野令他感到暈眩，感覺腸胃一陣翻攪。這是心律頻脈的症狀。他仰面躺好，開始深呼吸，等待著速度過快的心跳緩和下來。他夢到了很久以前的事。無論是現在或是過去，只要夢到白尚熙，他的心情就不怎麼愉快。那種負面情緒有時能直接毀了他一整天的心情。

他閉上眼睛，再次長長地呼了一口氣。原先快要喘不過氣的心臟頻率終於開始一點一滴地放慢下來。

敲門聲傳來，即便他沒有回應，楊秘書說了一聲「我要進去了」，便立刻開門進來。徐翰烈這時也恰好從床上起身。

「啊，您起來了嗎？」

楊秘書以為他還在睡覺，驟然停下了腳步，尷尬地站在原地，臉上浮現一絲困惑。

徐翰烈極度厭惡自己的空間遭到侵犯。像楊秘書這樣的雇傭者就不用說了，他甚至不願意家人來打擾他。由於他幾乎不曾睡過頭，其他人也沒有理由好入內打擾。

「是有什麼急事發生嗎？」

不出所料，徐翰烈柔捏著自己的後頸，露出了不悅的神色。楊秘書喃喃自語般地道著歉：「非常抱歉，我一直敲門，但是都沒有任何回應，您身體有哪裡不舒服嗎？」

「……沒有。」

「那麼我先出去了。」

「等等，今天早上沒有安排任何會議對嗎？」

「是的。」

「那我去按摩一下，幫我預約個SPA吧，腦袋感覺好沉重。」

可能是這段時間工作過於繁重，或者只是昨晚沒睡好，徐翰烈感覺後頸僵硬，肩膀也很痠痛，看來是肌肉太緊繃了。他站了起來，稍微地轉動著脖子。楊秘書回覆「我知道了」，正要離開時，突然猶豫地停頓了一下。徐翰烈用不解的眼神看向他。

「怎麼？還有別的事嗎？」

「池建梧先生昨天晚上聯絡我了。」

楊秘書報告時的語調聲音原本就毫無起伏，徐翰烈還以為是自己聽錯了。

「誰？」他攏起眉頭反問著。

「演員池建梧先生希望能與代表您見面。」

楊秘書接續的補充說明讓徐翰烈確定了自己並沒有聽錯。僵硬了許久的面色終於一點一點地、確實地放鬆了下來。

——過去——

「你怎麼了嗎？」

徐朱媛忽然間探出頭來，徐翰烈一邊否認著一邊爬起身。他剛才明明沒有睡著，卻在中途失去了意識。

「那你怎麼會沒聽見敲門聲，連有人進來了都不知道？」

「找我什麼事？」

徐朱媛朝著沒好氣的徐翰烈遞了一個小包包，裡面裝了好幾種種類的藥丸。

「你不是說你會好好吃藥？」

「我忘記了。」

徐朱媛拿了一瓶水給他，「現在補吃一下吧。」徐翰烈乖乖地取出藥丸。徐朱媛盯著他配水吞藥，再次確認了他的狀態。徐翰烈學期初就因為暴力事件惹出問題，一下是施暴者，一下又是被害者的，害徐朱媛被叫去學校好幾次，這陣子卻突然安靜了一段時間，反而有些令人在意。

「他怎麼樣？」

「誰？」

「那個女人的兒子啊？」

「……」

「你怎麼不回話？」

「我不想提那個傢伙的事。」

光是提到白尚熙，徐翰烈的臉就沉了下來。徐朱媛眼神透漏些許訝異，但也早就猜到兩人大概關係並不融洽。

果不其然，徐翰烈持續地感覺到心情煩躁不堪。兩人之間的相互挑釁都已經一報還一報地抵銷，而且自己最後強吻回去的行徑確實也過分了些。然而，徐翰烈感覺心裡面還是留下了一個無法完全消除的疙瘩。要不然，也不會在每次內心平靜下來時，就突然地想起白尚熙；每當快忘記他時，他又總是出現在夢裡。

徐翰烈覺得，不管用何種方式，勢必要跟對方分出一個勝負，只是白尚熙根本就不搭理他。白尚熙到了學校總是在趴著睡覺，徐翰烈踢他椅子或是去煩他的話，他就立刻起身走人。要是徐翰烈氣得向他動手，白尚熙也不再像之前那樣挨打，而是會扣住他的手腕，大力向後甩開。白尚熙這次不是無視他而已，是完美地迴避著他。徐翰烈感覺自己就像一隻煩人的飛蟲，在他面前，自尊心屢屢受到傷害。即便如此，就連徐翰烈自己都還搞不清楚，他究竟想和白尚熙做什麼，也不知道白尚熙到底該做何反應，自己心中的怨怒才能得到消解。

在白尚熙沒來學校的日子裡，徐翰烈的耐心總是撐不了多久，一轉眼就消滅殆盡。雖然見到他也不會有什麼改變，但徐翰烈就是覺得難以忍受。也有可能是受到了無情熱浪的影響，就算沒做什麼事，徐翰烈也有一種倦怠的感受。等到梅雨季開始，徐翰烈終於病倒了。他將近兩個星期沒去學校。

雖然身體已經恢復，徐會長和徐朱媛還是總勸他別去學校。他們認為他都已經體驗這麼久了，對於校園生活的興趣也該喪失了吧。要這麼說也是沒錯的，徐翰烈沒有非去學校不可的理由。起初，他就只是想見一見白盈嬅的兒子而已。那時去了學校，他的確只關心白尚熙有來還是沒來，目的明確到連林燦盛都曾開他玩笑說，他是不是為了找白尚熙的麻煩才來學校的。是了，就是白尚熙沒錯，問題一直都是出在他的身上。

徐翰烈無視長輩要他待在家的叮囑，還是出門上學去了。司機今天沒上班，所以徐翰烈招了一台計程車。車子開進了通往校門入口的車道時，他正好見到白尚熙從學校的方向走出來。看來白尚熙似乎是勉強出席，只是來點個名就要走了。白尚熙完全沒注意到計程車，轉眼與他擦身而過。

「我在這裡下車！」

徐翰烈趕緊讓計程車停下。等他下了車，白尚熙已經走到公車站。他連續往馬路瞥了幾眼，應該是搭乘的公車即將到站。很快地，白尚熙上了一台空蕩蕩的公車。司機確認沒人要上車，關上了車門。就在這時候，徐翰烈突然間衝出來，擋在正要開走的公車前方。司機趕緊踩下煞車，整台車身搖晃了一下。徐翰烈驚險地避開了危險，卻絲毫沒有受到驚嚇，他上氣不接下氣地，用拳頭敲著公車的車門。

「喂！你這傢伙！是想死嗎？」

替他開了門的公車司機氣得青筋都爆了出來。徐翰烈被罵了也不在意，往車上零錢箱直接塞了一張一萬元的鈔票。司機見狀，朝他大吼「你是在開什麼玩笑」，付了錢的徐翰烈只顧著朝白尚熙直直走去，將憤怒的司機留在了身後。白尚熙看著徐翰烈走來，別說是關心他剛才有沒有受傷了，他大概連徐翰烈已經兩週沒來學校的事情都不曉得。筆直射向徐翰烈的目光隨即移到了怒沖沖的司機身上。

「大叔，可以請你趕快開車嗎？我打工要遲到了。」

慢吞吞催促的語氣顯得氣定神閒。司機嘴裡還在咒罵著難聽的話，關上了車門催著油門，一路上持續地譴責著徐翰烈的行為。徐翰烈就像個什麼都聽不見的人似的，一概不予理會。白尚熙也不管徐翰烈正緊抓著柱子，由上而下地死盯著自己看。他閉著眼睛，完全沒有要睜開的意思。

徐翰烈默默地深吸一口氣，忽然伸手，粗魯地將白尚熙的耳機給拔了下來。

「我得知道問題是出在哪裡。」

「我不懂你在說什麼。」

「我問你為什麼無視我，你這個混蛋！你瞧不起我嗎？」

白尚熙發出了一聲冷笑。不確定他是否真的瞧不起人，但含在嘴裡的話聽起來很是無情。

「我對你沒有慾望。」

「什麼？」

「先不管你是不是個男的，總之你根本不吸引我。」

「那你那時候為什麼要……！」

「那時候？你該不會在說游泳池那次吧？」

白尚熙抬頭看他，用著就因為那一點小事的嘲諷口吻問道。徐翰烈的眉頭不禁抽動起來。

白尚熙無所謂地聳了下肩膀。

「那個跟對象是誰根本無關啊。」

徐翰烈捏緊緊的拳頭忽然就鬆了開來，像是聽到了他完全意想不到的回答才有的反應。「你說什麼」，他想這麼質問對方的，張開了嘴，卻發不出聲音來。

「我不是說了，因為是第一次見到。」

白尚熙一副沒什麼大不了的樣子補充道。那時在游泳池發生的事，單純只是出於他的好奇心罷了，並沒有涉及任何情感或是性衝動。

徐翰烈心想，這樣就對了。若不是期待他別有用意，那麼反倒要因為他沒有用異樣的眼光看待自己而鬆了一口氣才是，沒有必要感到失望。但是，徐翰烈突然覺得自己簡直像個傻瓜。這段期間以來，到底是為了什麼那樣的苦苦煩惱、感到生氣、困惑不已。如果白尚熙給出了不同的回答，自己現在是不是就不會感到這麼羞恥了呢？

很快地，白尚熙按了下車鈴，越過了擋在自己面前的徐翰烈，走到車門口。公車停在附近的站牌前，直到白尚熙下車為止，徐翰烈還呆站在原地沒有動作。就在車子即將再次出發之際，徐翰烈用拳頭對著無辜的下車鈴重重敲了下去。他咬了咬牙，喊著「我要下車」，但是車子依舊在行進著。

「大叔！我說我要下車！」

「你是瘋了嗎？公車站都已經過了你不知道嗎？」

「我都說了我要下車，你是沒聽見嗎？」

徐翰烈大聲地吼著，還用腳踹後車門，公車司機於是把車停靠至一旁。拉起手煞車，司機挽著袖子，一邊朝著徐翰烈走來。

「就是因為沒跟你計較啊，小小年紀的就這麼放肆……！」

徐翰烈在司機走過來時用力推了他一把，然後衝到駕駛座去，見到控制桿就任意地亂扳。公車司機驚恐地跑過來阻攔，徐翰烈再次把他甩開，顧著尋找車門的開關裝置。沒過多久，隨著一道特殊的洩氣聲響起，公車前門終於開啟。徐翰烈匆匆地下車，沿著路往回走。他倉皇地四處張望著，卻怎樣都沒有見到白尚熙的人影。

徐翰烈像個迷了路的孩子，仔細地在白尚熙下車的公車站附近到處搜尋，好幾次在同一個地方徘徊。徬徨的腳步在某間便利商店前忽然停駐。他注意到店內一個隨意扔在收銀台上的書包，那是白尚熙的書包。徐翰烈毫不猶豫地開門走了進去。門上掛的小鈴鐺發出了叮鈴的聲響，店裡看起來沒有人在。倒是倉庫那邊傳出了一些竊竊低語的聲音，接著是一陣忙亂的動靜聲。

「歡迎光……」

隔沒多久，熟練地喊著招呼語的白尚熙出現了。一見到是徐翰烈，他的表情立刻垮了下來，甚至還發出嘆息，一副覺得很麻煩的模樣。倉促之下換上的制服，連上衣的釦子都還沒扣起。不知為何，他原本乾燥的嘴唇有些濕潤，仔細一看，唇周的肌膚還帶著些微紅腫。從他身上隱約散發的柑橘香似乎也變得濃郁了起來。

「有客人嗎？」

過了一會才走出一個女人，年紀一看就比他們倆還要大。見到那個女人，徐翰烈的眉頭整個皺了起來。女人的每個動作，都更加帶出了那股特別的柑橘香。一個顯而易見的事實擺在眼前。徐翰烈打從一見到這個女人，就毫不掩飾他的厭惡之意。看到徐翰烈的反應，女人訝異地朝白尚熙靠了過去，在他耳邊說起了悄悄話。

「他是誰啊？你朋友？」

「某個被按下了奇怪開關的傢伙。」

白尚熙不當回事地回答她，然後忽地朝徐翰烈靠近，抓住了他的手腕。徐翰烈才剛掙脫開，又被他一把扣住了上臂，拽到了外面去。徐翰烈連掙扎的機會都沒有，就這樣被白尚熙趕到了門外，當著他的面關上了門。白尚熙關門之後，立刻扣上玻璃門上方的門鎖，然後理直氣壯地掛起了暫時離開的告示。

白尚熙站在門內，和氣呼呼的徐翰烈對望了一下子，隨後轉身回到了那個女人身旁。女人問著「沒關係嗎？」，被白尚熙溫柔地拉著手，帶進了倉庫裡。

徐翰烈猛烈地搖晃著那道上鎖的玻璃門，晃到門簡直快被他拆了似的　啷作響。便利商店裡面卻沒有任何的回應。

徐翰烈仰起頭來，靜靜地深吸了一口氣。他緩慢地轉過身，走沒幾步，突然從地上撿起一塊石頭來。因為是用來固定禁止停車告示牌的石頭，一整塊又大又重的。他默默拿在手裡惦了惦，隨即用力地朝著便利商店丟擲過去。前方的玻璃牆隨著一聲轟然爆破聲響，瞬間碎裂開來。

徐翰烈在便利商店大鬧了一場之後，一切還是沒有改變。第二天來到學校的白尚熙，看起來一臉的若無其事，彷彿什麼事都沒發生。就算沒有親眼目擊，他不可能不知道打破玻璃的人是誰。如果找不出罪魁禍首，責任就必須由疏於管理賣場的職員所承擔。不想無辜頂罪的話，白尚熙就應該來找徐翰烈，質問他看他要怎麼賠償。最起碼，他也應該告知老闆徐翰烈的存在才是。但是他根本連看都不看徐翰烈一眼。他像往常一樣，來了只睡覺，然後在下課之前就不見人影。

放學前的導師時間，班導拿了一張簡陋的通緝傳單來。是便利商店老闆自己從監視器影片擷取了幾個畫面列印出來的。人物勉強出現在畫面的邊緣，而且影片的畫質也不好，看不清楚那個拿著石塊的人是長什麼模樣。但是，根據人物所穿的校服顏色和款式，可以推測出他就讀的學校。班導對大家說，如果自己是畫面中的那個人，就向他自首，不要把事情鬧大。感覺班導根本也無意要認真找出犯人。

在回家的路上，徐翰烈又去了一次便利商店。玻璃牆面還是維持著碎裂的狀態，到處都貼滿了那張協尋犯人的傳單。

徐翰烈覺得無言至極。明明只要一句話就能解決的事。白尚熙只要告訴老闆照片裡的犯人是和他同校同班的某某某就好，至於兩人是什麼關係、徐翰烈為何要跟到這裡來做出這種事，這些都沒有必要解釋。儘管如此，白尚熙還是選擇了就讓徐翰烈當一個他「不認識的人」。

他並不是在替徐翰烈隱瞞，本來就沒有這個必要。對於徐翰烈來說，惹出這樣的麻煩或賠償都不是什麼大問題。白尚熙一定也清楚明白這一點。

司機進到店裡和老闆見面。兩人在談話的過程中，白尚熙從倉庫裡搬貨出來整理，還擦了一遍折疊桌。他一定有聽見談話內容，臉上卻一副不知情的漠然表情。他甚至沒有瞥一眼停在便利商店門外的轎車。又被徹頭徹尾地無視了。雖然沒有當面受到侮辱，徐翰烈卻更加憋了一肚子的氣。在這樣的情況下，徐翰烈的目光仍然固執地追隨著白尚熙的身影，禁不住想著會不會跟他對到眼。感覺自尊又再一次受創。幹麼要這樣執著於一個根本不理會自己的對象？徐翰烈鬱悶地摔著房間裡的東西、全都砸過一遍後，腦袋才稍微冷卻了下來。

在那之後，徐翰烈便不再關注白尚熙了。不管他來不來學校、是不是在睡覺、又消失去了哪裡，徐翰烈刻意地忽略他的動向。即使偶爾出入時和他有碰面的機會，徐翰烈也不再注視對方。他會把視線投向遠處，和白尚熙擦身而過。當然，白尚熙也總是如此。

對白尚熙心存戒備，又平白降伏於徐翰烈的林燦盛和那群人，對此感到訝異無比。畢竟原本兩人是一見面就針鋒相對的關係，突然之間卻把對方當空氣一樣。

徐翰烈也不再去游泳池了。光是接近泳池附近，那股不舒服的感覺就會襲來。要是他覺得狀態不太好，他便到保健室去休息。第二個學期剩下不到一半，徐翰烈似乎是打算再堅持一段時間就可以畢業了。

「喂！學生主任又在抓狂了！」

某天徐翰烈在保健室躺著休息的時候，聽到有人在走廊上大聲嚷嚷。反正也不會是什麼稀奇有趣的事，他默默地閉著眼。一直到走廊上鬧哄哄地全都出來看熱鬧，其中有人提到了白尚熙的名字，徐翰烈這才睜開了眼。

試圖樹立教師威權的學生主任，和已經大到難以乖順服從的白尚熙，兩人之間數度發生衝突。學生主任不僅是針對校規，還喜歡干涉學生的每一項行為舉止，然而白尚熙早已瞭解，這些規則在他的人生當中並不是那麼的重要。兩人從體格上就存在了差異，學生主任再無法用蠻力進行威嚇。白尚熙是個完全的成年人了，學生主任沒有足夠的壓倒性氣勢能夠制服他。

不曉得是不是因為這個原因，學生主任只要抓到他一點小辮子，就非得借題發揮，順理成章地趁機折磨白尚熙。說教時的聲音原本就大到不行，體罰他時總選在眾目睽睽的地點，簡直是讓全校師生都立刻知道他是做了什麼錯事。學生主任是想透過這樣的手段，來鞏固自己搖搖欲墜的地位？無法得知學生主任到底懷著何種心思，但是他的所作所為確實有過當之處。

徐翰烈拉開了窗簾看向窗外，校門口聚集了一群人。學生主任就在那人群的正中央，正捏住了白尚熙的臉頰。

現在是第三節課快要開始的時間，白尚熙大概是姍姍來遲時被逮了個正著。

「怎麼這麼沒規矩，你以為你是什麼公司老闆來上班的嗎？」訓斥聲響徹在校園中。

徐翰烈看不到白尚熙的表情，也聽不到他的聲音，所以不知道他有沒有頂嘴。

「……」

徐翰烈面無表情地看著兩人的衝突場面，上課鈴聲在這時響起。他以為學生主任會驅散圍觀的學生，把白尚熙帶回辦公室去，沒想到這樣的猜測竟然落空。學生主任彷彿連上課時間都忘記似的，還在繼續教訓白尚熙。

保健室的門忽然被打開。

「欸，外面有超有趣的事情可以欣賞，你還待在這裡幹嘛？」

林燦盛笑笑地站在門口，大步走來把徐翰烈給拉了出去。兩人趕到了校門口附近，圍觀的人數至今沒有減少。現場氣氛暗潮洶湧，彷彿在這期間已發生了什麼。

徐翰烈仔細一瞧，白尚熙一邊的臉頰已經紅腫起來。在他面前的學生主任手裡握著一支手機，正氣得拚命喘著粗氣。林燦盛向旁人詢問是怎麼回事，那個人於是說明了大致的情況。他說白尚熙遞給學生主任一支不知從哪來的手機，對他說「您忘記帶走這個了」，結果學生主任馬上甩了他一個耳光。兩人一開始聽了敘述也不太理解這是怎樣的情況。究竟是什麼事會讓學生主任暴跳如雷，罵到唾沫飛濺的地步。

「你、你這小子，那裡是學生出入的場合嗎？」

「那老師就可以出入那裡嗎？」

「你說那什麼話！我是個成年人！」

「我也早就不是什麼未成年了。」

「但是你……！」

學生主任被白尚熙一句話堵得張口結舌，倏然間舉起手就要打他。旁邊那些看戲的學生都跟著緊閉了眼睛。預期中的巴掌聲卻沒有響起，白尚熙即時抓住了學生主任的手臂，猛一把將他推開。緊繃的氛圍變得洶湧翻騰。林燦盛發出了「哦」的聲音，興味十足地笑了。

「一個法律上確實已經成年的人，去個汽車旅館有什麼問題嗎？」

「你……！」

汽車旅館這個關鍵字一出來，人群中隨即傳出了起鬨的口哨聲。學生主任怒瞪著眼，喝斥大家還不快回教室，但群聚的學生們僅是退後了幾步，並沒有聽話地散去。差不多在這時候，其他的老師們也出來查看情況了。

「我又不是穿著學校制服，和我一起的女生也不是未成年，更不是要付費的特殊服務，我不曉得您為什麼要生氣。」

「就是說啊。」人群中竟傳出作勢幫腔的聲音。

學生主任怒不可遏地轉頭看向了聲音來源處。姑且不論白尚熙這番據實描述本身的衝擊性，按照他的話來講，學生主任的體罰行為算是過當的，就算撇開他的私人情緒也不應如此。

白尚熙露出了真心無法理解的表情。

「難道是因為被我遇見您也在那裡嗎？」

「你還不閉嘴！」

林燦盛像在唱歌似的唸著「答對了」。霎時間，白尚熙的視線從學生主任身上移開，投向了此處。頓時，白尚熙和徐翰烈目光交錯。無法得知他是原先就知道徐翰烈人在這裡，還是對於林燦盛的聲音做出反應，才偶然看到了他。

「還是因為別的？」

白尚熙朝著徐翰烈直直地看了過來，嘴裡唸著意義不明的話語。他突然向學生主任伸手，以為自己要被攻擊的學生主任身體一縮，眼睛閉了起來。一旁持續關注的傢伙們也喔喔地驚叫出聲。然而白尚熙只是揪住了學生主任的衣服領子而已。由於個子矮小，被一把揪起的學生主任腳後跟都提了起來，碰不著地。驚慌失措之下，不只臉部，連他光禿的頭皮都熟透似的赤紅。學生主任像是無法承受這般屈辱，全身不停在顫抖著。他抓著白尚熙的手試圖晃動他、捶打著他的肩膀、咒罵著要他放手。

「放開我！還不快放手，你這個沒教養的臭小子！」

剎時，白尚熙的視線又向著徐翰烈看了過來，緊接著下一秒，他把學生主任大力拉至自己的眼前。眼睜睜看著兩人的唇部粗魯地相接在一起，眾人驚嚇得不禁發出嗚哇的感嘆。在那當下，徐翰烈也震驚地張大了眼，愣怔怔地看著前方。

學生主任驚慌失措地轉動頭部掙扎著，然而白尚熙固執地跟隨著他動作，硬生生堵住了學生主任的嘴巴。學生主任粗喘著呼吸，不住地痛罵，但是那些髒話很快地被白尚熙吃進了嘴裡。慘遭學生魯莽地強吻，學生主任手足無措的反應竟是讓人感到有些可悲。

白尚熙用力吸吮著學生主任的下唇，直到發出了響亮的接吻聲後才終於放開他。學生主任雙腿已經完全無力，直接癱坐在地。白尚熙居高臨下地俯視著他，隨後再次注視著徐翰烈。徐翰烈緊蹙眉頭。這冷漠的視線在暗示著他什麼，答案過於明顯，不言而喻。一陣不明來由的寒意從他的胸口掠過，一下子竄至了腳底。

「我還以為老師是吃醋了呢。」

白尚熙對著還爬不起來的學生主任鞠了個躬，立刻轉身邁著大大的步伐，走出了校門。

「你！你這個傢伙！還不快站住！」學生主任氣急敗壞地喊道。

白尚熙並沒有停下腳步。儘管所有人都拉長了脖子看著他的背影，他還是迅速地消失在眾人的視野裡。學生主任這才回過神來，匆匆離開了現場。在場的學生們見學生主任像隻斷了尾羽的小鳥一般倉皇逃離，齊聲捧腹大笑。其中幾個傢伙還吹起口哨，明目張膽地調笑著。

自從那天起，學生主任不再是從前的學生主任，再也沒有學生會畏懼於他了。而身為罪魁禍首的白尚熙，則是再也沒有回到學校。每天的朝會，班導甚至也都不再確認他是否出席。白尚熙在距離畢業不到三個月的這個時間點，自動退學了。

徐翰烈沒有特地去找過他。身邊沒有人認識他，當然從此失去了他的消息，他也不曾主動聯絡過白盈嬅。徐翰烈透過林燦盛那些人聽過一些流言蜚語，白尚熙在他人的口中被輕描淡寫地帶過，隨後消失得無影無蹤。

再次見到白尚熙，是在相隔七年之後。徐翰烈在美國攻讀完學位，回到韓國時，在入境大廳的電視上無意間看到一張熟悉的面孔。已經成為演員的他，不再是白尚熙了，人們都稱他為「池建梧」。

現在

平日午後的高級飯店，極度的閒適靜謐，休息室的咖啡廳內，空位比使用中的還要多。大部分的客人都沒有攜伴，獨自坐著辦公，周圍的人都沒有特別注意到白尚熙。對方是因此刻意約在這個不早不晚的時間嗎？以兩人都算是公眾人物的立場來說，的確是沒有壞處。白尚熙倒是久違地從那些輕浮又黏稠的視線中暫時獲得了解放。

他出神地望向窗外，又看了下手機，不知不覺已到了約定的時間。白尚熙留意著咖啡廳的入口，但是沒有看到任何和他等待的人類似的身影。對方遲到了嗎？他對靜悄悄的手機產生了懷疑，隨即又打消了念頭。他早就習慣了等待。

不曉得過了多久，感覺到有人走近，白尚熙張開了眼睛。出現在視線裡的，並不是他預想中的那個人。正當他收回視線時，那個男人卻站定在白尚熙身旁。男人身著飯店的制服，白尚熙露出詫異的神色，見他恭敬地朝自己鞠躬行禮。

「您好，我是日迅飯店 VIP 負責經理趙錫漢。不好意思，請問您是池建梧先生嗎？」

「是沒錯。」

「我接到了通知，說是要特地接待您。」

儘管對方省略了主語，但很明顯地是那個人發出的指令。即便是旗下的飯店，也不得不在意那些注視的目光。「請往這邊。」白尚熙便順從地跟著飯店經理走去。

離開了休息室的兩人拐進了大廳外圍的通道。那裡有一個和一般客房區分開來的電梯。電梯沒有設置按鍵，電梯門需要經理拿驗證過的卡片去感應才會開啟。電梯內部也是，沒有感應卡的話沒辦法按下樓層按鈕。

飯店經理按下了不到十個按鈕中最上面的那一個。無聲關閉的電梯感覺不出動靜，平穩地爬升了上去，等到了三十五樓，門才打開。經理解除了全玻璃的保全門自動鎖，指引著白尚熙入內。沿著長長的走廊走了好一會，最後只出現一道門。是因為天花板挑高的緣故嗎？需要同時拉開才能完全開啟的雙扇門顯得特別高大。

「請您在裡面稍待一下。」

飯店經理親自為白尚熙開啟了單側的門，隨後鞠躬離開。白尚熙目送著完成分內工作的經理消失了身影才走了進去。眼前依舊是個長廊，繼續向內走進，才終於出現寬敞明亮的會客廳。

搭配著黑色調的裝潢帶給人一種奇妙的壓迫感。水牛皮沙發如一彎新月環繞著桌子，不用坐下也能感受到它舒適的程度。各種燈具、光滑的大理石地板、每一件由胡桃木製成的家具或配件，看得出來都經過精心挑選。一整面的落地玻璃窗將市內景致一覽無遺。待夜幕降臨，腳下想必會綻放出一幅絢麗的夜景。

慢慢環視著會客廳的白尚熙在吧台前停了下來。他掃了一眼那些擺放得一塵不染的高級洋酒，目光定格在紅酒酒架上。裡面擺了四瓶高級紅酒，應該都是某人偏好的酒類，當中竟然沒有一瓶是合白尚熙口味的。他倒了一杯單一純麥威士忌，走向了沙發。甫一坐下，靠墊和座墊就輕輕一沉，將他全身裹了進去。他喝了一口威士忌，再度確認時間，已經超過了四十分鐘。

「……」

白尚熙用修長的手指輕敲著玻璃酒杯。雖然對方派了飯店經理送他來另一個見面場所，卻沒有通知他時間要延後。當然，他們之間不是那種講求禮儀禮貌的關係。這種處於單向關係的模式，要說習慣，他也算是很熟悉了。

白尚熙在桌上裝飾用的水果籃裡拿了顆蘋果，一口咬下。伴隨著咔嚓聲，蘋果香濃的汁液滋潤了他乾燥的嘴唇。嘴裡嚼著東西，頭往後靠在沙發椅背上。因為這個動作，他竟生出一個無意義的念頭，思忖著那個人在挑選不起眼的天花板照明時，肯定也下了一番功夫。

不曉得又被冷落放置了多久，寂靜的門外開始有些嘈雜的聲音。門開了，有人走了進來。乍聽之下，聲音頗為耳熟。是先前通過電話的楊秘書。

白尚熙用杯子裡剩餘的威士忌漱了漱嘴，注視著走廊的盡頭。很快地，徐翰烈進入了他的視線。原先昂然自若的腳步戛然而止，徐翰烈的目光固定在了一處。要不是跟在後方的楊秘書還在低聲地傳達著什麼事項，差點令人產生時間靜止的錯覺。

白尚熙沒有起身，他又咬了一口蘋果，視線一直停留在徐翰烈身上。那「喀嚓」的一聲，打破了短暫的真空狀態。徐翰烈推遲了楊秘書的報告，來到上座的位置坐下。

白尚熙看著距離驟然拉近許多的臉龐，在心裡想著，他是長這樣的嗎？雖然已經在電視上見過他的模樣，現在本人就在自己面前，竟沒有什麼真實感。與十年前相比是沒有太大的變化，卻又不完全一樣。他用略帶意外的眼神打量著徐翰烈，嘴裡的蘋果不知為何形同嚼蠟，突然失去了滋味。

徐翰烈一脫下外套，楊秘書立刻來接了過去。扯鬆著領帶的臉孔顯得十分疲倦。

整整十年之後的再會，兩人卻無一句好久不見或是過得如何的寒暄，彼此稱不上相處融洽的那種關係。

「會議結束得比較晚。」

徐翰烈看了下自己的手錶，解釋了晚來的理由，隨後又加上一句莫名其妙的「還好準時抵達了」。見遲遲沒有開口的白尚熙挑起一邊的眉毛，徐翰烈做出一個有什麼不對嗎的表情。

「當兵兩年，退伍後三個月，還有包含了今天的一個小時，我應該已經給了你充分的時間去認清自己的處境。既然你沒有逃走，一副坦然接受的樣子，想必你的決心並沒有改變？」

白尚熙沒有回答他。徐翰烈或許也沒盼望他回答，只是專注地看著他，同時向楊秘書伸出手來。楊秘書眼明手快地遞上了準備好的文件。徐翰烈像是在批准文件一般，不帶感情地掃視著上頭的數字。

「池建梧先生，你知道天職這個詞嗎？」

徐翰烈丟出問題，眼睛仍盯著文件不放。

「聽說你直到出道為止，都在一間會員制俱樂部裡工作。現在會使用藝名來活動，是否算是一種擺脫過去身分的手段？你知道我在聽到這個消息之後，想到的是什麼嗎？」徐翰烈突然抬起了頭。

兩道目光交會的瞬間，他的唇角勾起一道細細的弧線。

「白尚熙找到屬於自己的天職了呢！」

雖然擺明了在挑釁，但是白尚熙絲毫不為所動。身為牛郎的過去對他來說並不是什麼恥辱，他本來就是那樣的男人。

徐翰烈輕笑了一聲，再次將目光投向手中的文件。

「本金是十四億，兩年零三個月需支付的利息為十一億三千萬，其中已還款七億八千萬，所以剩餘債務總和為十七億五千萬元。」

徐翰烈把文件啪地丟在了桌上。

「那這筆錢就當作池建梧先生的簽約金吧，十七億五千萬。」

白尚熙突然噴出了笑聲。徐翰烈訝異地看著他，隨後也咧起了嘴角。

「你笑什麼？」

「我看你開的好像不是娛樂經紀公司，應該是慈善事業吧？」

「你不是都知道了才來的嗎？現在會砸這麼多錢在你身上的人，就只有我一個。」

「但我沒想到你會一反常規地給我這麼優渥的待遇。」

「既然會覺得這樣的待遇很不正常，那怎麼不去想想你其他的待遇有多糟糕。」

徐翰烈瞪視著白尚熙的雙眼，再次朝楊秘書伸出手。楊秘書將筆還有另一份文件一同遞了過去。徐翰烈在上面寫了些字並完成簽名，然後快速地把文件扔到白尚熙的面前。

徐翰烈手寫的簽約金金額確實是十七億五千萬元沒錯。其他的收益分配等細項條款，與一般常見的專屬合約內容沒有太大的不同，只是通常為期七年的契約期間改成了兩年。

「短短兩年有辦法回收本金嗎？」

「你應該問的是，長達兩年的時間，我是否能對池建梧先生不感到厭倦才對。沒有規定債務只能用錢來還吧？……說到這個，」

徐翰烈態度相當自然地確認道：「你沒有染上什麼性病吧？」

正在瀏覽合約書的白尚熙頓時轉向徐翰烈，一副他好像聽錯了什麼的模樣。

「幹嘛一臉不知情的樣子？我聽說你連身體也願意賣的，難道不是嗎？」

白尚熙微微聳了下肩膀。「沒錯，要我和你打炮也行的意思。」

「那就沒什麼好訝異的了，對於做生意的人來說，檢查和管理商品狀態是基本中的基本。性病這種東西，不是說現在沒有之後就可以放心的，就算痊癒了也可能突然間復發，來見我之前，一定要到指定的醫院去檢查，有拿到醫生證明才可以。藝人想要表明自己潔身自愛，也要拿出個證據來才能讓人相信對吧？」

「虧你還願意和男人做啊？」

「不知道什麼時候開始，除了性愛以外，沒什麼娛樂好享受。試過各式各樣的類型之後，就開始對其他方式感到好奇，不曉得會是什麼感覺，但我對著男人的屁股又插不下去。你不是下面很厲害嗎？傳聞可是都對你讚不絕口。既然都要做了，那我當然要找能幹的人一起玩啊。」

兩個人儘管在第三者面前，說起話來仍是毫無保留。徐翰烈用下巴指了指白尚熙手中的合約書，示意他趕緊簽名，將手裡拿著的筆在桌上輕滾過去，傳給對方。白尚熙接過筆，便在自己的名字旁簽上了名。整理好的文件交到楊秘書手裡，徐翰烈微點了下頭，楊秘書恭敬地鞠躬，離開了房間。

聽見關門聲響起，徐翰烈起身走向陳列著酒類的吧台。他一邊挑選著要喝的紅酒，一邊起了個對話的開頭。

「是說那個尹羅元？你到底是為什麼要招惹他？聽說他媽媽也不肯見你了？」

雖然是提問的形式，諷刺的口吻幾乎讓人聯想起徐翰烈和白尚熙初次見面的情景。尹羅元正是兩年前讓白尚熙捲入那起暴力事件的對象。尹羅元的母親孫代表，擁有一間知名時尚企業，同時也是當年促成白尚熙出道的幕後推手。白尚熙在過去任職的俱樂部，以會員和接待員身分所開啟的那些關係，在他出道之後仍然持續維持著。他們偶爾約會，就像提供物質援助的贊助商包養形式。

「仔細想想，養了那麼久的狗，卻一口咬傷自己的孩子，這種事誰能接受呢？就算再疼再寵，狗終究是狗，自己的小孩可是人類呢。」

徐翰烈說著偏袒孫代表的話，拿著空杯和一瓶紅酒，回到了位子上。紅酒像一小縷絲綢，滑順地流進沒有半點指紋的玻璃杯中。

「一直對他好，他可能誤以為自己是個人類的幼崽了吧？」

緩緩地傾斜收起瓶身，徐翰烈帶著嘲諷之意看向白尚熙。他對著玻璃酒杯喝了一口，目光持續盯著白尚熙的臉龐，彷彿在期待著會出現什麼樣的表情。然而，白尚熙的神色沒有分毫改變。

見他如此反應，徐翰烈很無趣似的搖晃著杯子裡的紅酒。

「看起來，池建梧先生還真是中看不中用呢。演藝圈當中，不是很多傢伙都犯了更嚴重的罪，卻還是厚著臉皮在繼續活動？只是都被壓下來所以你不知道而已。他們吸毒賭博照三餐來，還有性犯罪或是肇事逃逸，哪怕是害死了人，也若無其事地只顧著自己的飯碗，還吃得很開心。」

「之前公司的代表說我是斷了線的風箏，他說我等於是自己親手剪斷了那條繩子。」

「是這樣嗎？你打的人，要不是那個你舔過下面的女人的兒子，你以為你會沒事？不會吧？池建梧先生如今淪落到被拋棄的下場，是因為給你那條繩子的孫代表，她的能力就只有那種程度而已，是一條會因為這一點小事就斷掉的繩子。」

「你難道不一樣嗎？」

「你什麼你，叫我代表。」

徐翰烈立刻糾正了白尚熙對他的稱呼。

「我發現池建梧先生從剛剛開始就一直不說敬語？如果是出來賣身體的，不是應該要趴得低低的嗎？嗯？還搞不清楚狀況啊？」

白尚熙沒有回應，只是稍微笑了笑。

「怎樣？因為你年紀比我大？難道我的秘書是因為年紀比我小才用敬語的嗎？」

徐翰烈的聲音不懷好意地扭曲了起來。

「別得寸進尺了，尚熙啊。」

宛如聽見了什麼荒唐可笑的話，白尚熙掀起了嘴角。徐翰烈狠瞪著他，又喝了一口紅酒。

「喝酒你還行嗎？」

「牛郎要會喝酒是基本的吧。」

白尚熙一頂嘴，就馬上被徐翰烈喝斥。

「又來了，我不是才剛叫你不要得寸進尺的嗎？」

「我從來沒有和跟我上床的人講過敬語，如果代表覺得不舒服的話，您也可以不用敬語。合約書裡應該沒有規定我一定要用尊稱的條款吧？」

「是沒有這個規定，只是故意惹我討厭對你而言並沒有什麼好處。難道池建梧先生在這兩年期間，只想把債務還清就好？都賣身給男人了，你還真沒有野心欸。」

徐翰烈繼續地冷嘲熱諷。白尚熙聽了只是無聲微笑著。

「毒品呢？碰過嗎？」

「我得碰嗎？」

「不是，我是叫你不要碰。從今以後，不管是酒精或毒品，我們都要遠離。」

徐翰烈立刻放下空杯，又回到到吧台去，一邊補充說明道：「不要覺得聽起來無聊，我不是因為站在管理旗下藝人的角度才勸說要一起修身養性的。有個很有名的毒梟叫做古茲曼，你知道他越獄後第一件做的事情是什麼嗎？」

徐翰烈還沒拿出手裡的瓶裝水就抬起了頭。等白尚熙眼神對上他之後，他才放軟了語氣：「你猜猜看。」

白尚熙並沒有考慮太久。

「團體雜交？」

「就是因為他吸毒，別說是性交了，他得趕著去做勃起障礙的手術！不知道的人還以為毒蟲都很荒淫無度、沉溺在性愛裡，日日夜夜在修幹，那也要站得起來才能幹啊！還有一個就在周遭的例子，就是我們家的宗烈，他老是在上新聞，池建梧先生應該也看過他的臉吧？」

還真的有，白尚熙腦海中浮現出前一陣子熱議新聞裡的主角。報導中還暗示透露了徐翰烈似乎也牽涉其中，然而實際上的他，卻像在八卦著與自己無關的事情。

「他不是看起來一副死氣沉沉的樣子嗎？眼神渙散，臉色也糟透了，他就是因為戒不掉那該死的毒品，一直以來都在看泌尿科和不孕門診。」

徐翰烈倒了一杯水，回到沙發區。這次他沒有回到他的座位，而是逕直走到了白尚熙的面前。白尚熙從他還在遠處時就已經抬起頭，回應著他持續盯著自己的視線。徐翰烈的黑眼珠從白尚熙平坦的額頭開始掃視，沿著鼻樑、嘴唇、下巴，緩緩地轉動。

「池建梧先生是我花大錢買回來的種馬，你可不能辜負我的期望啊。」

「你是打算要懷個孩子嗎？」

「那我們家老頭可是會開心到不行呢。」

徐翰烈淺啜了一口水，伸手撫上白尚熙的臉頰。皮膚和皮膚接觸的地方能感受到輕微的靜電。他的手輕輕地下滑，很快地來到白尚熙的薄唇唇角處徘徊。像在搔癢似的撥弄著嘴唇的手指，鬼使神差地分開唇瓣鑽了進去。指尖依次觸碰到了溫熱軟嫩的黏膜，堅硬的牙齒。白尚熙微微張嘴，裡面的手指就開始在他舌頭上摩擦。徐翰烈望著白尚熙的目光自然而然地集中在自己的指尖。白尚熙默不作聲地任由徐翰烈動作，僅是望著他那深受吸引的神情。

然而就在下一秒，徐翰烈突然肩膀哆嗦了一下，他驚詫地看著白尚熙。白尚熙帶著挑釁之意仰視著他，兩道視線勢均力敵地對峙著。徐翰烈挑起了一邊的眉毛。

「我有叫你舔嗎？」

「我提前嘗一下味道。」

臉上沒有表情的徐翰烈短短地哼笑了一聲，面色接著和緩下來。他握著酒杯的手些微撩起另一側的袖口，看了下手錶。

「距離下一個行程還有三十分鐘。」

他低聲呢喃著，再次將視線移向了白尚熙。隨著吱的一聲，他已經拉下了褲頭拉鍊。

「……」

「……」

雙方戒備地對視了短暫的一眼後，白尚熙的頭慢慢地傾了過來。他的手伸到徐翰烈的背後托著，將他朝自己的方向靠攏。大張的手掌有力地支撐著徐翰烈的腰背，他掀起前襟和內衣，從裡面掏出性器的動作沒有半點遲疑。他用嵌著端正指甲的乾淨手指頭輕輕剝開包皮，讓紅潤的龜頭裸露在外。他的模樣和每個動作變成了慢速播放，一幀一幀地刻在了徐翰烈的眼中。徐翰烈一邊注視著，下腹悄悄地反覆鼓起與下陷。他無聲地屏氣凝神，用充滿期待的眼神低頭看著白尚熙。

白尚熙濕濡的嘴唇親吻般地落在眼前垂下的肉莖上，接著便毫不猶豫地開口將它含入嘴裡。溫熱的黏膜發出些微的壓力，緊緊包覆著敏感的肉塊。白尚熙原本纖瘦的臉頰，由於口中含著的物體鼓膨了起來。徐翰烈看著他這副模樣，斜揚起一側的嘴角。

白尚熙用力地吸緊徐翰烈的陰莖，攪動著裡面的舌頭促使他勃起。軟呼呼的肉莖被舌頭又是糾纏又是碾壓，被一再地仔仔細細地逐一舔拭，逐漸硬挺地豎立了起來。隨著敏感的表層反覆地在粗糙的上顎和舌頭平面之間刮擦和壓迫，徐翰烈的呼吸也開始變得粗重起來。

「……哈啊！」

在白尚熙豎起舌尖不停地搔刮著尿道口的動作之下，徐翰烈的下腹瞬間發熱，膝蓋也漸漸無力地輕微晃動著。白尚熙或許是注意到了，右手撫過骨盆向下滑去，圈住了他的大腿。捏緊大腿的手把平平整整的褲子抓出了一堆皺摺。徐翰烈的目光不由自主地停留在那隻有力的手臂上突起的曲折。再來，再更多一點。

伸出舌頭舔著下唇的徐翰烈猛然抓住了白尚熙的後腦杓，將已經完全硬起的性器往他嘴裡不住地抽插。白尚熙的鼻子和嘴唇硬生生被徐翰烈的下腹部不斷迎面撞擊著。或許是阻礙到了呼吸，他握著腰部和大腿的手倏地用力收緊。徐翰烈奇妙地沉浸在這個近似施虐的行為裡，顫抖地提起了嘴角。扁桃腺被無情的插入一再地戳刺，應該相當痛苦，白尚熙卻還壓下了舌根，用喉嚨使勁緊絞著徐翰烈灼熱的肉莖。

「……啊！」

徐翰烈頭向後仰，終於發出近似痛苦的喟嘆。白尚熙抬起眼看他，他的兩頰泛著些許潮紅，正閉上雙眼享受著股間傳來的顫慄感。時不時皺起的眉間，還有如波浪般掀動的睫毛，每個細微表情都被白尚熙用雙眼拍攝成相片。只要他大力吸吮，徐翰烈就會抿住自己豐厚的雙唇，強行抑制住即將爆出的呻吟。而他的大腿則非常忠實於跨下傳遞而來的快感，顫抖著朝向白尚熙的下巴緊貼了過來。

也許感受到白尚熙對自己持續的凝視，徐翰烈微微睜開眼，莫名有種立於高處搖搖欲墜的感受。兩人就這麼交換了好一陣子視線，沾染著情慾的瞳孔顯得十足慵懶。

徐翰烈說著「繼續啊」，拍了一下白尚熙的臉頰，聲音又低又啞的。白尚熙執意地盯著他看了一陣，才再次動起了頭部。濕黏的摩擦聲在寬敞的會客廳裡赤裸地擴散開來，難得浸淫在極致刺激當中的徐翰烈，突然將手伸進外套內側，把他的手機拿了出來。聽見突如其來的咔嚓聲響，白尚熙抬起了頭，霎時之間，又是一聲咔嚓，拍照的提示音再度響起。

「盈嬅小姐要是看到了你這副模樣一定會昏過去的。」

徐翰烈咧開一邊嘴角，笑著喃喃自語。驀地，他的性器從舒服的束縛當中被解放了出來。還來不及感到疑惑，白尚熙已經兩手伸進徐翰烈的腋下像是抱起他似的，將他放倒至沙發上。手中岌岌可危的酒杯順勢地舉起，而後被放在了一旁的桌上。徐翰烈的身體毫無阻力地埋進蓬鬆的座墊裡。視角頓時之間遭到反轉，白尚熙不知何時來到了他的正上方。

徐翰烈想要抗議，對方的嘴唇已經覆在了他張開的嘴巴上。正要說出口的話硬是吞回了喉嚨，一時嗆著了，徐翰烈忍不住咳了出來，白尚熙卻不管不顧地吸吮著他的嘴唇。他毫不留情地朝著徐翰烈的上下唇瓣邊吸帶啃直到發痛的地步。他微微歪過頭，舌頭就滑進了徐翰烈還在輕咳的嘴裡。鹹鹹的，又帶了點甜味。肆無忌憚鑽進來的濕滑舌頭急切地跟徐翰烈的揉搓了起來。粗糙的味蕾相互摩擦著，將敏感度提昇到了極致。沒來得及咳出的氣體在喉嚨和肺部像是哽了個腫塊似的，徐翰烈忍不住要轉過頭咳嗽，沒想到白尚熙仍是追了過來，繼續強吻住他。

白尚熙修長的手指滑過絲薄的襯衫，很快地抓住了徐翰烈勃發中的陰莖。徐翰烈哆嗦著想要起身，卻被白尚熙用強而有力的吻給壓制。白尚熙快速地套弄起手中發顫的性器，大拇指輕磨著敏感的尿道口，動作毫不含糊。他似乎很清楚愛撫哪裡、怎麼樣撩撥會更有感覺，對於敏感帶的掌握十足熟悉。徐翰烈的身體因為對方毫不遲疑的慰撫手勢而連連蠕動著。

「呃，等……！」

儘管徐翰烈側過頭試圖想逃跑，白尚熙仍絲毫不費力地跟了過來，堵上他的嘴。滑溜溜的黏膜和舌頭反覆翻攪在一起，把嘴裡攪弄得一塌糊塗。起泡的唾液最終順著下巴緩緩流淌而下，徐翰烈的臉龐因為不穩定的呼吸，簡直像快爆炸似的憋得通紅。直到他胸部劇烈起伏，又開始咳出了聲，白尚熙才暫時放過了他的嘴唇。

徐翰烈強忍了許久，霎那猛烈地咳了出來。他的頸側在發燙，整個腦袋也暈眩不已。白尚熙卻在這樣狼狽的徐翰烈脖子上輕輕落下親吻，在貼身的襯衫上撥弄著那突起的小丘。胸前的刺激讓正在瘋狂咳嗽的徐翰烈想起了以前的泳池事件，瞬間蜷縮了起來。白尚熙瞪著眼睛觀察著徐翰烈的表情，在襯衫上不斷地搓揉著他的乳頭。受刺激的乳尖逐漸變硬，突突地立了起來。白尚熙用指尖輕撓著隆起的肉塊，下方持續地蹂躪著徐翰烈的龜頭。上下夾攻的感官刺激讓徐翰烈恍神地一下緊閉上眼睛，一下又睜開來，反反覆覆著。一股強烈的熱氣傾瀉而下，瞬息之間向外竄流。

「呃，嗯……」

白尚熙親吻著他熱燙的耳根。徐翰烈的額頭重重地靠在白尚熙的肩膀上，眉頭已經皺得不行。他全身勃發的力氣在表達著強烈的抵抗，一邊推著白尚熙壓在他身上的身體，又像是在擁抱著他似的，兩個人緊密地貼合在一起。在那股牴觸情緒達到頂峰的那一刻，徐翰烈的身體完全被打開，熱意衝破了出口。同個瞬間，白尚熙的手也濕了一片。

「啊呃……！」

他急忙地咬住了嘴唇，但被壓抑的呻吟聲早已經逸出。白尚熙安靜地低下頭，看著徐翰烈哆嗦著的性器正將凝聚的熱意毫無保留地表露出來。然後他抬起了視線，盯著徐翰烈吁吁喘息的臉看。白尚熙由上向下強壓著徐翰烈的雙臂，將他圈在自己身下，仔細地端詳著。射精前一直處於極度痛苦中的臉龐，在酥麻的解放感中顫慄著，隨後被綿長的慵懶和脫力感接連侵蝕。不知道是不是錯覺，徐翰烈的睫毛似乎還帶了點濕氣。

「要再來嗎？」

突然從額頭上傳來的聲音讓徐翰烈身子震了一下，回到了現實。從俯視著他的白尚熙臉上，看不出任何的表情。想到剛才就他自己一個人在情動，自己一個人興奮到射精，強烈的不快讓徐翰烈的體溫倏然冷卻。伴隨著啪的一聲，白尚熙的臉被打偏了過去。

「說了叫你不准放肆！」

惱羞成怒的徐翰烈推開白尚熙，從位子上站了起來。整理衣服的手部動作匆促得像在被什麼追趕著，但卻仍然流暢而俐落。他整理好被掀翻的襯衫衣領，把掉到地上的手機撿起來放回外套裡。

「關於專屬合約的細節還有池建梧先生日後的生活，楊秘書會再另外作說明。和我們公司簽約的消息會在明天早上的頭條新聞裡公佈出來，先讓你知道一下。」

徐翰烈用在辦公時的口吻逕自通知著，忽然「啊」了一下，掏出了錢包。他從裡面拿了一張信用卡，遞給白尚熙。白尚熙尚未接過，拿著卡片的手慢慢地上下搖擺著。

「現在還在那邊跟我客氣的話樣子可是一點都不好看，不用管面子了，收下吧。」

白尚熙噘地笑了一聲，順從地接過了信用卡。

「需要用錢的時候，你就先刷這個。池建梧先生需要遵守的事項非常地多，要全部記住和習慣會需要一些時間，但是其中有一項是你絕對不能忘記的。」

「是什麼？」

「我超級討厭等人。所以不管是工作上還是私底下，只要是和我約好的日子，池建梧先生都應該要比我早到。除此之外，不管何時何地，不管有什麼迫不得已的情況，只要我找你，你就得趕過來。這點不難遵守吧？」

白尚熙降下揚起的眉毛，點了點頭。徐翰烈便一副自己該辦的事都辦完的模樣，一聲招呼也不打地離開了房間。人出去後門被關上。白尚熙深深坐進沙發裡，背向後靠著，身體這才放鬆了下來。他用手摸著被打了一掌有些刺痛的下顎，然後用手背搓揉著還在發熱的嘴唇。這裡被徐翰烈褲頭的鈕釦肆意地碾壓撞擊，果然滲出血了。竟然第一次就做到見血，白尚熙露出一個無奈的苦笑。

03

SugarTrap

SUGAR BLUES

「這是演員池建梧先生的合約文件。」

徐翰烈將文件檔案啪地丟在會議室的桌上。合約書很早就擬好了，所有人都知道裡面的內容，只不過一直在期盼著不要生效而已。職員們內心都在哀嘆著，該來的果然還是來了。

在場沒有一個人能猜得出徐翰烈簽下池建梧的心思。池建梧確實擁有令人一眼難忘、獨特的帥氣臉孔，比例更是好到有點不太真實。但是這也是他唯一的一項賣點。他過去活動的形式沒有著重在演技表演，大部分集中在時裝秀、海報，還有雜誌廣告等範疇。由於他在以往出演的作品裡都一直飾演既定形象的角色，所以沒辦法證明他的演技實力。此外，也很難在他身上找出什麼潛力足以蓋過簽訂這筆合約的風險。

由於演員的職業性質必須飾演各式各樣的人物，長相帥氣得令人印象深刻，這一點算不上是什麼優勢。總不能一輩子都在扮演英俊的財閥繼承人吧？

私生活的部分也有不少讓人擔心的地方。兩年前的暴力事件導致他的形象至今還是不佳。最高學歷是高中輟學，在校時還曾被留級，再加上輟學之後的行蹤並不明確，這也是風險因素之一。因為這是一份靠形象謀生的工作，任何有問題的過去經歷對演員本人或是公司來說都可能具有致命性。

公司要是發表了和池建梧簽了專屬合約的消息，一定會像印雅羅簽約那時一樣備受關注。不同的是，毫不留情投射而來的鎂光燈不會永遠地甜美炫麗。如彗星般登場的新創公司連日來一反常規的舉動和令人捉摸不透的行徑，足以讓自身成為媒體的獵物。職員們光是想像公司的將來就感覺到一陣的筋疲力竭。

「宣傳公關團隊擬一份簽署合約的新聞稿，明天一早發布，要剛好在上班通勤時間放出消息。」

儘管如此，徐翰烈的態度還是大方坦然，彷彿自己指派的只不過是件簡單尋常的小事罷了。齊聚在會議室裡的職員們互相看起了眼色。宣傳組長最終還是艱難地開了口。

「那個，如同先前跟您報告過的，在社群媒體、各種論壇還有新聞評論當中，對於池建梧先生的輿論仍舊是一面倒的負評，我們確認了兩個大型入口網站，結果預測查詢字串和相關關鍵字的紀錄裡面，都出現了暴行、暴力、罰金、偶像暴行這些關鍵字。」

「還真是新鮮的情報欸，這裡有人不曉得這些事情的嗎？」

「正因如此，明天簽約新聞發布的話，哪怕只是一時性的，大眾會不會又都聚焦在池建梧先生身上？兩年前的事件很可能會再次被掀出來。」

「所以你講了這些顯而易見的事情到底是想表達什麼？」

「我認為是不是應該在新聞報導出來之前先實行一些對策，首先要求入口網站刪除相關的負面性關鍵字，如果有必要的話，應該整理一下搜尋池建梧時出現在第一頁的那些部落格、論壇等貼文。發布簽約消息時，一併提及他在當兵期間進行了自我反省，未來將會成為更加成熟的演員，像這樣簡單地加上公司立場聲明，您覺得如何？雖然無法立刻就扭轉負面的輿論，曾經引發了爭議是事實，在事件還沒有被遺忘的情況下，向大眾傳達出他的反省之意，我認為這是頗具意義的。」

企畫組的成員也紛紛表示贊同之意。

「不清楚當時情況的社會大眾，也會透過這次機會接觸到那起事件。反正既然無法隱瞞，倒不如正面迎戰，好好解釋清楚為何會發生這種事情，我覺得也是不錯的作法。」

「現在和我們公司簽約的就只有印雅羅和池建梧，如果相關報導持續發展下去，印雅羅勢必也會再次成為焦點。那我們就反過來利用這一點怎麼樣？在強調印雅羅的演員資歷的同時，『印雅羅選中的那間公司，下一棒決定是池建梧』，利用這樣的標題帶出重點，畢竟光環效應也是不容忽視……」

「不行。」

徐翰烈暫時制止了熱烈的討論，職員們表情疑惑地看向他。

「我就問你一個問題。池建梧牽涉的暴力事件是現在發生的嗎？」

「什麼？不是的，但是光看最近大眾的反應，講到池建梧就會先想起那則事件，而不是他的演出作品。反正到時又會引發爭議，如果是可以消除的那種誤會……」

「不是，我不是在問你這個。已經是兩年前的事情，當事人之間也達成了協議，最後以八百萬的罰金告終，事情已經結束了。你現在才要來解釋都已經過去的事情，誰會有興趣？」

徐翰烈環視著公司職員們，又再問了一次：「會有嗎？」沒有半個人回答。費勁去解釋無非是種自我安慰而已。畢竟大眾不會對炒冷飯有興趣，或是因此改變長久以來的信念。相反地，可能還會覺得是為了復出在塑造假人設，因而招致反感。

徐翰烈的提問不僅止於此。

「還有，對於當時的事件，有人真正了解詳細實情的嗎？」

「報導是說兩位演員平常就經常發生爭執，慶功宴的時候加上酒精作祟因而爆發衝突。至於挑起事端的原因，由於雙方都一直三緘其口，最後似乎沒有查出真相來。當時因為尹羅元相對來說傷勢較重，池建梧為此受到了很多的批評，甚至還有人覺得他應該去坐牢。」

「據我所知，這是一起雙方暴力事件不是嗎？」

「啊？是的，我們也是這麼理解的。」

「那為什麼只有池建梧挨罵呢？尹羅元他咧？」

「剛才向您說過的，因為尹羅元受到的傷害相當大……」

「說不定是他做了什麼欠揍的事啊？」

徐翰烈一副無關緊要的口吻讓職員們瞠目結舌。確實有些人也會贊同，在某些情況下，暴力是可以被接受的。即便如此，應該沒有人會像他這樣公開的質疑，那個被揍得更慘的人是否做了什麼被揍也不足惜的事情。

「那些就算了，新聞稿裡只要提到簽約的事實就好。兩年前曾和共事演員發生雙方暴力事件，受到事件影響，停止演員活動後去服了兵役，現在為了復出而在物色新的經紀公司，最後和我們公司簽了約這樣。公司看準了他作為演員的潛力，選擇投資在他身上。什麼自我反省或是過去的心境，這些都不需要。」

「但是這樣籠統模糊的說明，反而會增加更多想像猜測的空間。傳言有可能會被扭曲得更嚴重。」

「我知道，因為過去的事情沒有被完整清楚的公開出來，難免會產生各式各樣的猜測，但是乾脆就這樣曖昧地處理不好嗎？就算提出了證據，相信的人會相信，不相信的人還是不相信，沒有必要為了說服那些不相信的人而費盡心思。態度曖昧或是保留很大的解釋空間，網路上就會在那裡瞎編故事，乾脆就讓他們自己去吵吧。」

「那麼負面影響……」

「我支付你們薪水就是請你們來處理那些問題的。怎麼能為了不讓事情發生而畏首畏尾，只想著自己安枕無憂？」

面對徐翰烈的指責，職員們都尷尬地紅了臉。徐翰烈的名聲在哪裡都不是很好。職員們透過好幾次的經驗終於得知，他不會聽別人的話，是個一意孤行的獨裁者。儘管如此，大家還是無法習慣他每次的嘲諷。

徐翰烈訝異地看著沉默不語的職員們，開口催促道：「還在做什麼？」

像受罰一樣坐著的人們紛紛抬起頭來。

「想要在明早成為熱門話題的話，今天下班前不是應該把新聞稿給完成嗎？」

「啊，是的。」

職員們同時全部起身，離開了會議室。透過不透明的玻璃，可以清楚看到他們有的嘆氣有的在搖頭。徐翰烈才不在乎這些，拿出他的平板開始看了起來。沒有特別話題的入口網站看起來一副天下太平的模樣。

過不久傳來敲門聲，楊秘書進來了。徐翰烈慢條斯理地向上滑著網頁，向楊秘書確認道：「告訴他以後的住處了沒？」

「說了。」

「他要馬上搬進去嗎？」

「前段時間住的地方有一些行李要整理，還有之前做的工作也要做個結束，說會再慢慢搬過去。」

一直滑動的手突然停頓了一下，但很快又若無其事地掀過了網頁。

「姜在亨呢？」

「我今天會聯繫他。」

「辛苦了。」

徐翰烈關掉平板，離開了座位。

✳

白尚熙解開了門鎖進到屋內，鼻尖接觸到的第一道香味喚起了隱約的既視感，和徐翰烈親密接觸的片段從他腦海中閃過。雖然不盡相同，這個味道的調性和徐翰烈的香水味明顯地非常相似。原本以為會是空蕩蕩的內部，卻擺放了成套的家具和配飾。白尚熙感覺到一股微妙的不協調感，家具明明都還包覆著塑膠保護套，一切卻整理得一塵不染。找不到有人在這裡生活過的痕跡。

白尚熙將暗沉的視線移向了廚房，整套的系統廚具乾淨俐落。他拿出瓶裝水，一邊喝著一邊大致瀏覽了下冰箱。最先映入眼簾的是未開封的水果、起司、火腿這些下酒小點。環視了那些以松露為原料的各種產品、加工過的鵝肝、魚子醬等食材，白尚熙漠然地關上冰箱門。依次掀開旁邊的櫥櫃，也沒看到像泡麵那種即時食品。

他靠在那個高度高於一般標準的洗水槽，站著俯視著整間房子。這間位於市中心的豪華公寓，挑高了天花板，對於身材高大的他來說沒有任何問題。多虧了房子正面的那片大窗戶，完全沒有任何壓迫感。四個房間都裝潢得像樣品屋似的，他只要搬行李進來就可以入住了。

社區本身似乎在防盜和維護隱私方面花了不少心思。佔地面積雖然寬闊，戶數卻不到三十戶。每棟樓的兩側都有獨立的入口和專用電梯，即使是同一層樓的住戶也不太有機會碰面。由於有樹木和外牆包圍著，構造上從外面很難窺視到房子內部。與每棟樓相連的地下停車場只有預先登記的車輛才可以進出。沒有門禁卡的訪客可以待在正門的等待室，得到住戶的確認後方能進入。就算是白尚熙獲得初次主演的那個時期，他也沒住過這樣的地方。對於現今的他來說，就更是奢侈的待遇了。

白尚熙將喝完的水瓶隨手一扔，打開了冰箱。他拿出一桶冰淇淋，走向沙發。沒有顧忌地一勺一勺挖著吃，冰淇淋帶一點鹹，是濃郁的焦糖口味。舌尖輕舔上唇，白尚熙細細品嚐著那份微妙的甘甜。

他習慣性地打開電視，漫無目的地轉換著頻道，某個一週一次的娛樂新聞正在報導他自己的簽約消息。「因獲得韓國代表性演員印雅羅的專屬合約而受到矚目的SSIN娛樂，宣佈與不久前剛退伍的池建梧簽約，再次震驚了演藝圈。以知名時尚品牌模特兒出道後，演員池建梧是在各種電視劇、品牌海報和廣告當中脫穎而出的後起之秀。兩年前，他與共事的演員發生暴力糾紛，受了不少責難因而入伍。以巨大的資本實力向演藝圈發下戰帖的SSIN娛樂，在與兩位演員的簽約背景之下，連日來備受關注。」

記者一臉的嚴肅，彷彿在播報什麼什麼重大事件。不僅這則新聞而已，早上一睜開眼，整個世界都在喧騰。白尚熙的名字一直出現在主要入口網站的即時搜尋關鍵字當中，各種社群媒體也在不停地消費白尚熙的話題，以賺取點擊率。尹羅元也被扯了出來，相關的網路社群出現了各式推測與謠言。

白尚熙的手機也閒不下來。意外地，一直以來漠不關心的知名雜誌記者、暴力事件後再也沒聯絡過的業界相關人士或是其他藝人，突然都對他的復出表示好奇之意。不對，這些人真正感到興趣的並不是白尚熙要回歸演藝圈這件事，應該說是他的背景——財閥繼任者所經營的經紀公司與旗下唯一的資深演員，本是如此完美無缺的組合，他卻莫名地介入。

「……」

白尚熙挖著冰淇淋一邊吃著，一邊冷漠地盯著電視。資料畫面不時閃過他以前拍攝的廣告和電視劇片段，發生爭議後入伍之時，還有退伍當時的影像都陸續被播放了出來。他就像在看著別人的新聞一般，用湯匙將黏在桶壁上的冰淇淋滑順地搜刮起來放進嘴裡。乾澀的嘴巴在短短瞬間被一股柔軟的滋潤感所填滿。

門鈴這時突然響起，白尚熙瞄了一下對講機，小小的螢幕裡有個人影在晃悠。他一言不發地走近了對講機。訪客見裡面毫無動靜，再次地按響門鈴，還突然傾身把臉湊近在鏡頭前。看到那張臉，白尚熙驚訝地揚起眉毛。

他直接走到玄關開門，開啟的門縫中露出了姜室長激動的面孔。從一早開始，白尚熙的手機就不斷湧入各種煩人的電話，所以現在是關機的狀態。在簽約消息報導出來之前，公司要求他要保密，所以白尚熙沒有特別和姜室長聯繫。儘管如此，姜室長還是一路找到了這裡。

「姜室長是怎麼來到這裡的？」

「我才想問你，到底是怎麼一回事啊？」

白尚熙鬆開了門把，回過身，要姜室長先進來再說。姜室長跟在他身後，將門確實地鎖好。姜室長沒多想地直接進到了屋子裡，隨後生疏地環顧著房子內部，不由得張開嘴來。他內心的感受似乎是超越了困惑，已經來到混亂的階段。

白尚熙拿了一瓶水給他。即使一邊潤著嗓子，姜室長開開的嘴還是無法閉攏。白尚熙在他面前繼續解決著那桶冰淇淋。縱使自己的名字到處曝光，正被人大肆談論著，他還是一副事不關己的模樣。姜室長一口氣乾了瓶子裡的水，走到白尚熙的身邊，擅自關掉對方正不避諱地看著的電視。

「昨天晚上他們突然聯絡我，說和你簽了合約。光是這個消息就已經夠驚人了，他們還問我願不願意一起工作咧。」

「所以室長又要負責帶我了嗎？」

「……這個嘛，我沒什麼理由好拒絕的啊，都帶了你這麼久了。」

「給你的待遇還可以嗎？」

「多到令人惶恐啊。」

要人一夜之間辭掉原先的工作，很顯然不是單靠義氣就能辦到的。白尚熙用拇指將唇上沾到的冰淇淋抹起來舔掉，說了句「這樣很好啊」，將殘餘在底部的也輕輕刮起來放進嘴裡。姜室長在一旁露出了焦急的神情來。

「所以事情到底是怎麼會變成這樣？你跟你母親聯絡了嗎？她才會拜託那位徐代表幫你？」

「我直接跟他見面了。」

「誰？徐代表嗎？」

白尚熙點點頭，向後攤靠在沙發上。姜室長一臉更加摸不著頭緒的樣子。

「你們彼此認識？不是，你們關係有熟到可以私下拜託他這種事嗎？」

「要說是高中同學也不太對……就只是同班了一年這樣？」

「就只是同班了一年，又不是什麼要好的朋友，他怎麼上次也幫了忙，這次甚至還跟你簽約？」

姜室長驚訝不已，順便就告訴白尚熙自己上次去找他母親時，見到的人正是徐代表的私人秘書。他看白尚熙沒什麼反應，還加了一句補充：「就是替我們請了律師團的那一位。」白尚熙看起來仍舊是毫無興致，彷彿他早就知道了似的。

「……你這小子怎麼一點反應都沒有。對了，那位徐代表是不是說他曾在國外留學啊？」

「是嗎？那些我不太清楚，我隔了一陣子去到學校，他就已經轉學過來了。」

「為什麼？」

「什麼為什麼？」

「韓國的學校又不是只有你讀的那一間，有錢人大多唸的都是私立或預科不是嗎？他為什麼偏偏轉學到你們學校？」

「那有什麼重要的？」

「這不是很奇怪嗎？聽你這樣說起來，加上你和你母親又是那樣的關係，你跟徐代表好像並不熟啊，但是他卻一下子就跟你簽了約，提供了這麼大的房子，還有為了讓你感到自在，甚至特地把我這個以前的同事找來給你當經紀人。」

一直默默聽著的白尚熙啊地發出了一聲低沉的驚嘆。

「是為了讓我自在才這樣做的嗎？」

「你在說什麼啊？到底。」

姜室長毫不掩飾地緊皺著眉頭。兩人明明正在交談，內容卻沒辦法接續下去，感覺就像在自說自話一樣。白尚熙看起來就是一副沒有要好好解釋的打算。姜室長抓了抓頭，消除一點煩悶感，然後向白尚熙問起了他的合約書。

「要合約書幹嘛？」

「內容都沒有問題嗎？」

「和之前的相比沒有什麼太大的不同，只不過期間簽的是兩年。」

「兩年？」

「簽約期限從簽約日算起兩年。合約終止之後再由雙方協商決定是否續約，上面是這麼寫的。」

「……也是啦，想必他們那邊也不能貿然地下太大的賭注。」

姜室長神情失落地一邊點頭表示理解。

「簽約金呢？你就不收了嗎？」

「他們那邊先開了價碼，十七億五千萬。」

聽到這筆不陌生的數字，姜室長才剛反應過來，隨即再次問道：「為什麼？」

這已經超越了他身為經紀人的立場，是一個純粹發自內心的疑問。池建梧是一個找不到容身之處的演員。每個人都認為他被貼上的負面形象標籤大過於他本身的潛力。怕連投資成本都拿不回來，在沒有任何人願意簽他的情況下，壓根沒有必要花這麼多錢來「請」他過去，也沒有必要提供比之前多出數倍的年薪給他區區這麼一個經紀人。

姜室長還沒有見過徐翰烈，他對徐翰烈的瞭解僅止於在媒體上看到的模樣，光聽名字就知道是誰的那個財閥家族中唯一的嫡傳接班人。成長過程沒有吃過半點苦頭，所以胡鬧起來肆意妄為，就是個不懂事的年輕人。在創立經紀公司的背景下，他擁有的清俊秀麗外表，足以讓人打趣說看來他本人也想當演員。而這麼一個不像現實世界當中存在的人物，正在做著旁人無法理解的事情。光這麼一份經紀合約，就讓整個媒體界掀起一陣軒然大波。

「欸，你是有抓到徐代表的什麼把柄嗎？還是，徐代表他需要你的哪個器官？我看他臉上沒什麼血色，要說他是生了什麼病的話也不奇怪。」

姜室長一副越想越不對勁的樣子。

「室長你完全不知情吧？」

白尚熙沒有回答姜室長，還自己提出一個莫名奇妙的問題來。

「什麼？還有什麼我需要知道的？合約中有什麼特別協議或是細節條款嗎？」

「沒有，室長不需要知道太多，現在這樣就可以了。」

白尚熙含糊其詞的回答加深了姜室長的疑問。他一邊拍著白尚熙一邊不停地追問到底是什麼。面對突然降臨的好運，卻無法單純地感到高興，反而縮起了脖子。姜室長臉上佈滿了莫名的不安，都是因白尚熙而起的。

「反正沒做什麼危險的事就是了。」

白尚熙為了讓姜室長安心而補上的一句話，根本沒有起到安慰的作用。

✳

「……在印雅羅的下一部作品候補當中，申宇才導演的《引力》最引人注目。除了是申導演時隔三年首度推出的作品之外，在最近主打男男組合、兄弟情大為盛行的時代，少有這種由女性獨挑大樑的電影。此外，申導演獨具特色的精準內心描寫和印雅羅充滿真實感的演技，原本就是以絕佳組合而聞名的。透過相關人士探聽到的情況，申導演已經多次向印雅羅提出合作的邀請。印雅羅小姐當時好像滿貪心的，整整一年的行程都排滿了，在沒辦法的情況之下她只好謝絕。而在我們團隊與印雅羅簽訂專屬合約之後，隨即正式接到了官方的演出邀請。和其他作品一樣，我們已告知對方說會在內部會議結束後與他們聯繫，但是幾天前，對方再度主動聯絡詢問演出意願，看來那邊情況似乎是較為急迫。」

徐翰烈一邊聽取著企畫組的匯報，一邊喝了口水潤喉。

和印雅羅簽約後不知不覺已經過了三個月。十六歲就出道，累積了近三十年演戲經歷的印雅羅是韓國名符其實具有代表性的演員之一。當年以女主角之姿出道，她飾演的「秀曦」擺脫了當時主流的清新純真少女形象，性格古怪又充滿冒險精神的角色經由她的演繹而受到了廣泛的關注。從那之後，她利用自己的個性詮釋出各種角色，構築出一個堅實的世界。她獨特的霸氣魅力吸引不少女性觀眾，也獲得了一票忠實影迷。當她達到事業巔峰，卻突然宣布要暫停演藝活動，所有人都震驚不已。問題出在她與前經紀公司產生的糾紛。情況較為特殊的是，她自出道以來待的那間經紀公司是由她的家人所經營的。雙方互不相讓的爭執，最後以印雅羅支付剩餘期間的違約金而收場。之後有大牌的經紀公司試圖招攬正在無限期暫停活動的她，卻屢屢碰了壁。業界普遍認為，即使她之後再出來活動，可能也會以自行成立公司的形式。印雅羅最後卻跌破了所有人的眼鏡，突然與一家名為SSIN娛樂的新公司簽訂了專屬合約。報導的熱烈程度證明了有多少人在等待著她，同時也間接反映了此舉是多麼令人感到意外。

「演藝圈就像是糖果一樣，有著甜蜜誘人的外表。雖然知道對身體不好，但無法忘記舌尖接觸到時，那種強烈的刺激感。一點點，再多一點點，糊里糊塗地就這樣過了三十年。什麼該看不該看的我全看過了，失去了身邊的人，感覺自己也快要消失……本來以為離開一陣子，就會自然而然地戒掉這個癮頭，結果好像還是事與願違呢。我想，那就乾脆好好承認自己上了癮，打算放輕鬆地、健康地來享受它。」簽約時，印雅羅如此說明了自己復出的心境。

即使是一出道就走上了康莊大道的她，也能讓人感受得出來，演藝圈的生活並不容易。印雅羅的市場價值依舊，願意付給她數十數百億的簽約金，正是因為所有人都相信，透過她賺能賺取更大的利益。在這樣的情況下，SSIN娛樂提供她一紙空白合約。所有的條件都隨印雅羅的意思來決定，SSIN娛樂完全是自願屈於乙方來簽約的。唯一的限制條件是印雅羅可以按照自己的意願選擇作品，但讓她挑選的候補作品則會由公司透過內部會議來決定。即使以後不能確認自己收到了哪些企畫案和劇本，她還是沒什麼異議地答應了。

就這樣過了三個月，是時候為下一個項目做準備。

「印雅羅小姐她也知道嗎？」

「她和申宇才導演私底下也有在聯絡的，兩人在作品上原本就配合得很好，取向又相近，如果放進了候補，她選擇這部作品的機率很高。」

徐翰烈將正在討論中的作品資料拖來自己的面前。他翻閱著劇本，大致瀏覽著上面的內容。

《引力》的主角「延秀」是一名任職了十二年的刑事部檢察官。她起訴的案件未曾以無罪告終過，法官們經常依據她的量刑建議來做出裁決。她堅信只有法律才能支撐社會，是保障安全的唯一途徑，她是個與「法律不外乎人情」這句話完全相悖的人物。由於命運多舛的過去，她對於性犯罪者更是毫不留情。母親喪偶後再嫁，延秀有了一個繼父，每當患病的母親不在家時，她都會受到繼父騷擾。隨著母親最終因病去世，繼父的對她的迫害更是嚴重。身為她的監護人，又是一個在社會上具有聲望地位的醫生，沒有人能把延秀從繼父身邊救出來。在這樣的情況，延秀突然懷了孕，一個偶然的機會下，她得知了亂倫而生的孩子能夠成為婚外情的決定性證據，於是她瞞著繼父，繼續懷著肚子裡的「證據」。然而，她最後沒能隱藏自己足月的身體，被繼父害得失去了腹中的血肉。延秀一成年就離開了家，當她最終成為刑事部門的檢察官時，最先想起訴的就是她的繼父。可惜時間過了太久，加上證據不足，終究是徒勞無功。

大約在十年之後，延秀面前出現了一起新謀殺案的嫌疑犯。因殘忍殺害了兩家子人遭到移送的「俊英」，眼神看起來滯怠朦朧。他無畏地坦白道出殺害第一個家庭只是為了練習，而殺害受託撫養他的牧師一家，則是因為自己就是想那麼做罷了。不管怎麼看，俊英都是一個沒有更生教化餘地的殺人犯。縱使他長期遭受牧師一家的虐待，對於延秀來說，這並不能成為酌情減刑的事由。

劇本內容以延秀審問嫌疑人俊英、雙方對峙的過程為主。俊英和延秀過去遇到的那些極其惡劣的犯罪者似乎有所不同。他在整個審問過程中不但沒有露出一絲悔意，對於自己順利完成長久以來的想做的事感到滿足，始終面帶著笑意。除此之外，他坦承一切罪行、甘願接受任何懲罰、對第一批無辜受害的犧牲者感到歉意，他還積極配合調查，對包括延秀在內的相關調查人員都抱持著善意，這些表現對於一個殺人犯來說都不太尋常。俊英的犯罪事情清楚，證據確鑿，剩下的就是，法官會在多大程度上酌情考慮他遭受虐待的事實。作為檢察官，延秀下定決心要像往常一樣，提出最高刑罰的求刑。但是延秀在那之後，一直被莫名的鬱悶感所折磨，她於是開始著手調查關於俊英的事情。

兩個人物微妙的內心戲，在終於發現隱藏真相的反轉之下，來到了高潮。逐漸瞭解俊英和撫養他的牧師一家的過程當中，延秀由於某些因素，開始懷疑俊英就是自己十八歲時肚子中的那個「證據」。原本以為已經永遠消失，她也徹底斷了念的那個孩子，在延秀不知情的狀況下被遺棄，最後成為了殺人犯，出現在她面前。不得不審判俊英的延秀，陷入了無比的掙扎之中。

「中宇才導演是個對自己作品有著高度熱愛和自豪感的人，他會再次邀約已經多次推辭的演員是非常難得的。他們那邊好像是非印雅羅不可的樣子。」

「果然繆思女神不是當假的啊。」

徐翰烈翻閱劇本的同時，企畫組的職員互相發表著意見。實際上，針對特定演員構思作品的情況並不少見。某些導演甚至幾乎所有的作品都是跟自己的繆思演員一起合作的。徐翰烈確實也認為，延秀這個角色，除了印雅羅之外不作第二人選。中導演會放下自尊繼續發出邀請，並不令人感到奇怪。徐翰烈終於合上了劇本，看向企畫組的組長。

「這裡面的俊英一角是由誰來飾演？」

「對方是說還沒確定下來，目前最有希望的人選是趙宇鎮，他們好像還剩下一些事情需要協調。」

趙宇鎮是個二十歲後半的一名演員，給人貌似乖巧小狗般的印象。雖然他出道較晚，演員資歷並不華麗，但是由他主演的電視劇連番熱播，使他一躍成為當紅明星。他外銷至海外的電視劇也獲得很多人氣，近兩年他都在拍攝廣告和消化海外行程，一直沒有推出新作。在這個主要由三四十歲男演員擔綱主演的市場來說，算是塊罕見的璞玉。雖然他沒演過像殺人魔這種個性很強的角色，也沒有拍過電影，但若是由他來扮演俊英這個角色，似乎也不會讓人覺得彆扭。

徐翰烈咚、咚地敲著桌子，獨自陷入了思緒。職員們在這股不自在的沉默當中，只敢轉動著眼珠子互覷著。想掌握徐翰烈的心思實在是很困難的一件事。

「你說趙宇鎮的選角可能告吹是嗎？如果時間安排上喬不攏的話？」

「咦？啊……對的。中宇才導演不喜歡演員們在拍攝他的作品期間還重疊了其他的拍攝。聽說他不能忍受演員這樣到處分心。」

「演員們得跑活動、拍廣告、交叉出演著其他的作品才能賺錢謀生，所以以這點來說的話導演算是有點固執吧？不過對於印雅羅小姐來說當然是不成問題的，她也是那種一旦投入一個作品便會沉浸其中的類型。」

「如果能單獨見見那位導演就好了。」

徐翰烈像是在自言自語般地嘀咕著。職員們臉上都是問號地互相交換著視線。導演希望印雅羅能擔任這個角色，印雅羅也很願意和他合作，如果沒有什麼特別的問題，就只要確定接演就可以了。導演和演員經紀公司的代表根本沒有必要直接見面。但是徐翰烈又肯定地「嗯」了一聲，表示大家的耳朵都沒聽錯，開始催促道：「告訴導演，關於印雅羅接演的事情，我有問題要和他商量。」

職員們只能歪著頭，默默地表示會去照辦。

✳

白尚熙接到通知趕到的時候，徐翰烈正在沙發上看電視。他分明感受到了白尚熙抵達的動靜，卻沒有做出任何反應。或許是剛沐浴過，空氣中，還有那浴袍內側的皮膚，都帶著些微的水氣。徐翰烈習慣性地把紅酒杯拿至嘴邊，在發現裡面竟然是空的時候，反射性地抿起了下唇，看起來一副十足遺憾的模樣。儘管酒就在離他幾步之外的距離，徐翰烈還是一直握著空杯坐在那裡，不想移動。他的視線從頭到尾都沒有離開過電視螢幕。

白尚熙拿起了紅酒，走到徐翰烈的身邊。直到瓶嘴碰在空杯子上的時候，徐翰烈才撇了他一眼。白尚熙把酒杯給盛滿，目光也移到了電視上去。那是他很熟悉的影像，螢幕裡的正是他本人演出的作品，看來徐翰烈是在VOD上觀看的樣子。白尚熙放下酒，在徐翰烈旁邊的沙發上坐下，一起觀賞著這部已經有點久遠的電視劇。一般從畫面中看到自己演戲的樣子，總是會有些尷尬，但白尚熙並無動搖之意。哪怕出現了擁抱或接吻的場景，他也像在看別人演戲似的麻木無感。正在喝著酒的徐翰烈突然間停止了播放。

「你還在幹嘛？去沖澡啊。」

「我還沒去醫院呢，沒關係嗎？」

「無所謂，今天戴著套做就可以了。」

徐翰烈若無其事地回答道，然後按下了繼續播放的按鍵。白尚熙聽了，像是感到有些無言，咧嘴淺笑了一下。

「只有今天？」

「反正又不用擔心會懷孕，平常有必要戴套嗎？」

「我是沒差。」

白尚熙在嘴裡唸著「也不知道是為了誰好」，然後從沙發起身，走向了浴室。半路上經過一間臥室，裡面只有一張大床，與那間充分體現出某人喜好的會客廳形成了鮮明的對比，就像個專門為了做愛的空間。臥室單調到了詭異的程度，反而帶給人一種色情的感覺。

脫了衣服，白尚熙站到花灑之下。順手拿起的沐浴露有一種清爽的精油香氣，與白尚熙一進到公寓時聞到的那個味道相似。想必和徐翰烈身上用的香水味也沒有太大的不同，白尚熙絲毫不忌諱地將它抹在了身上。洗完澡，他套上掛在牆面上的浴袍，往會客廳走出去。

徐翰烈還一直在看著電視劇，連白尚熙在沙發坐下了，他也沒有轉動固定在螢幕的視線。無事可做的白尚熙朝著徐翰烈放下的酒杯伸出了手。明明稍微起身就可以取個新的空杯，他卻一點都不在意地將別人喝過的酒杯放在嘴邊。滑進口中的紅酒口感乾澀，果然是不合他的口味。

白尚熙繼續在嘴裡轉動著舌頭，品嚐著口腔中殘留的餘味。他喜歡的是這種口味嗎？白尚熙忽地朝著徐翰烈看去。徐翰烈神情專注，以至於臉上並無表情。唯獨照映在他瞳孔上的影像，正隨著畫面分秒變化著。看得太過認真，僵硬的嘴角逐漸放鬆，相連在一起的上下嘴唇慢慢地分離開來，這幅畫面一個動作不漏地全落入了白尚熙的眼底。

「你到底為什麼想演戲？」

猛然間響起的嗓音讓白尚熙一下子回過神來。徐翰烈的目光依舊鎖定著電視螢幕。白尚熙身體慢慢地向後退，不加思索地回答道：「我從來沒有真的想要演戲。」

徐翰烈低聲哼笑著，同時看向了他。

「你只想安靜地過日子，偏偏周圍的人卻不肯放過你的意思是吧？」

「在那個圈子，就算我沒一張像樣的畢業證書也不成問題。」

徐翰烈表示接受他的說詞似的點了點頭。

「那裡的確是按照著這張臉來估價的。」

他的目光又回到了電視畫面上。白尚熙在發澀的嘴裡動了動舌頭，然後回頭看了下酒吧。沒能找到適合的東西，他於是拿起了桌上的水果，咬了一口清香的番石榴。清脆的聲響，填補了電視裡台詞之間的空白。一股清新的果香迅速在空氣中蔓延開來。

「沒有我想像得那麼糟糕欸，雖然也沒有特別突出就是。」

觀賞完畢的徐翰烈只留下這麼一句評語。但是他接著又否認道：「這麼說來也不對。」開始用滿載著譏諷之色的兩隻眼睛，對著白尚熙逐一打量起來。

「你一下和這個人，一下和那個人的，卻不會表露出半點噁心的樣子，是不是應該承認你這一項演技真的不錯啊？其他人不一定，但至少孫代表應該不是那麼愚笨的女人吧？她在這個圈子打滾也有二十多年了。不過就是做了點服飾生意，她應該早就見慣了那些身材好、臉蛋漂亮的傢伙們，你到底是用什麼手段勾引到她的？」

「代表您親自體會一下不是更快嗎？畢竟你跟她的立場相同。」

聽了他隱含的挑釁之意，徐翰烈覺得可笑，直接笑了出來。

「像你這樣到處陪睡，不應該來者不拒啊？不是說就算快死了也不對會我有慾望？」

「不曉得是誰當初這麼不懂事。」

白尚熙臉不紅氣不喘的無恥態度讓徐翰烈不由得爆出笑聲。

「那懂事了之後，下面的平滑肌也會聽話了是嗎？你心臟也真夠大顆欸，就算是為了錢，怎麼有辦法跟媽媽級的女人上床呢？既然是牛郎店的常客，不用想也知道的吧，下面還能夾得緊嗎？」

對於徐翰烈冷嘲熱諷的刻薄言詞，白尚熙僅是默默舔著手上沾到的石榴汁液，絲毫不予理會。漫不經心的輕浮舉動無端地更惹徐翰烈注意，目光不自覺地就這樣被他吸了過去。這時候，白尚熙突然抬起頭，冷眼看著他，兩人的視線無可避免地撞在了一起。

「怎麼？聽了不爽？被她包養的期間暈船了是嗎？我不過酸了幾句，有必要這麼嚴肅……」

徐翰烈挖苦的聲音頓時消失，因為白尚熙倏地站起身。徐翰烈的肩膀反射性僵硬了起來，全身防備著可能襲來的攻擊而緊張地繃緊。「就算是那樣，」白尚熙的嗓音清晰地傳進了徐翰烈耳裡。

「也比吸著發黑的雞巴要好得多了。」

白尚熙直接靠了過來，抓起徐翰烈的手腕往自己的方向拉。事情發生得太過突然，徐翰烈一時來不及反應，他束手無策地被拽去，一隻手摸在了白尚熙的襠部上。

「而且，連她都還太窄呢，每次做的時候，總是哭喊著說她好像快裂開了。」低沉的耳語聲從頭頂傳來。徐翰烈被迫摸著那份沉甸甸的巨物，氣得想抽手，手腕卻被白尚熙握得更緊，緊到吃痛的地步。白尚熙的嘴在下一刻貼了上來，力氣大到徐翰烈不得不仰起頭顱承接。徐翰烈的額頭很快地被白尚熙頭髮上的水氣給沾染得濕淋淋的。

徐翰烈試圖掙開被扣住的手臂，一掙扎，身體反而被放倒，落得一個仰躺的姿勢，白尚熙於是很習慣地覆在了他身上。完全來不及抗議，嘴巴已經被堵了起來。儘管徐翰烈不爽地扭開了頭，白尚熙還是游刃有餘地跟過來，對著他的嘴巴交疊著雙唇。為了不讓徐翰烈逃開，他用兩隻手扣住了徐翰烈的臉龐。徐翰烈握著白尚熙的手臂，像是想阻止他的動作，但是捧著他臉部的手掌完全沒有因此鬆開。白尚熙用兩隻拇指稍稍按著徐翰烈的臉頰，輕輕吸吮著他上唇突起的唇珠。令人發癢的濕潤氣息在徐翰烈人中處不斷聚集著。

從腹部一步步撫摸而上的手承載著力度，相較之下，白尚熙吻著嘴唇的動作非常輕柔小心，彷彿在對待什麼珍貴的物品。徐翰烈看似不滿地擰起了眉頭。閉著眼專心致志地在與他嘴唇糾纏的白尚熙，緩緩掀開了眼皮，兩人的視線交會在極近之處。

「……」

「……」

白尚熙直視著一臉不爽的徐翰烈，過了一會才垂下了眼，他接著伸出舌頭，像在描繪著唇形似的舔著徐翰烈上唇線的內側邊緣。徐翰烈的嘴唇不由自主地顫抖了起來。白尚熙於是在他嘴角啾地啄了一下，然後歪著頭認真舔拭徐翰烈緊閉的雙唇，還用指尖輕敲著他固執抵抗的臉頰肉。徐翰烈被他纏得心癢難耐，一反原先警戒防備的姿態，猛然向白尚熙反撲回去。白尚熙的舌頭瞬間被他含進嘴裡，溫熱的舌頭粗魯地纏繞在一起，互相搓揉。一下子覺醒的味蕾粗糙地磨蹭著，激起了興奮感。一抹溫熱的氣息在嘴裡蔓延開，不知從何而來的腥甜味讓所有感官都敏銳了起來。兩人的舌頭像在較勁著氣勢，彼此推搡攪和著。不知道用了多大的力氣，舌根都已經開始發麻。匯聚在下顎底部變得黏稠的唾液中帶有一抹酸甜的味道。呼吸太過急促，來不及吐出的氣體不斷累積在益發緊繃的肺部。白尚熙的手掀開浴袍，滑到了徐翰烈的腰上，儘管接觸到的體溫偏高，徐翰烈還是不禁瑟縮了一下。不知道是不是過度意識，徐翰烈感覺白尚熙的呼吸聲隱隱參雜著笑意。他惱羞成怒地狠狠捏了一把白尚熙的右側肩膀，對方浴袍領口卻因此鬆了開來，露出結實的肉體。徐翰烈原本充滿反抗感的雙眼瞬間發愣了起來。

與此同時，白尚熙正耐心地不停愛撫著徐翰烈的身體，手掌心觸摸到的肌膚沒有任何的凹凸，摸起來柔軟滑膩。但是如果用點力氣按壓，又可以感受到內部肌肉堅韌地回彈，手感非常神奇。越過了腹部，上滑到胸膛的手指頭毫不留情地碾壓著色澤粉潤的小肉塊。徐翰烈的眉毛因這番明顯的刺激而皺起。白尚熙裝作一副什麼都不知道的樣子，在徐翰烈的臉頰和下巴邊緣親了又親。他用指尖、用嘴唇、用鼻子和眼睛一同欣賞著徐翰烈這一身瑩白的肌膚。除了乳頭、肚臍和股間的陰影之外，這是個連一分瑕疵都沒有的完美胴體。好像只要在上面一咬或是一吸，就會留下清楚的痕跡來。

白尚熙將他按在手指底下的小肉塊捏起來反覆搓弄，同時在徐翰烈的頸部發出吸吮聲地啄吻著。只不過揉捏幾下，乳頭的顏色就已經變深，周圍的表面也稍稍漲紅。

「這裡舒服嗎？」

白尚熙動作不明顯地拉著乳頭最尖端處，一邊在徐翰烈耳邊低聲問著。強忍已久的徐翰烈一把抓住了他的頭髮，粗暴地讓兩人的嘴唇交纏在一起。已然發燙的舌頭，像是在舔著什麼東西吃似的，不停舔拭著那顆犬齒。充斥在嘴裡的氣息比之前更為甜蜜了。一邊瘋狂回應著傾瀉而下的親吻，兩人的姿勢自然順勢地上下顛倒了過來。

壓在白尚熙身上的徐翰烈仍然抓著他的頭髮，肆意地繼續佔領白尚熙的口腔。白尚熙摟著徐翰烈的腰，任由他對著自己為所欲為。也許是體溫升高了，徐翰烈原本白皙的肢體末梢一一泛起紅來。白尚熙抬起手，試圖觸摸那發紅的耳垂，卻被徐翰烈像驅趕惱人的蟲子一般地揮開了手，然後繼續毫不留情地吸吮著白尚熙的舌頭和嘴唇。徐翰烈固執又頑強，簡直就像在鬧著脾氣，帶著簡直不容許對方換氣的洶洶氣勢。

靜靜躺著的白尚熙驟然間直起了上身，連帶著，徐翰烈的身子雖無法動彈也跟著立了起來，成為一個肚子挨著肚子、坐在白尚熙大腿上的姿勢。嘴唇才稍微分開一下，立刻喘著粗重的呼吸。徐翰烈的嘴唇因為反覆的摩擦已經整個腫脹起來，被稠狀的唾液滋潤得光滑水潤，有點像是在上面澆了一層糖漿。白尚熙專注地注視著他的模樣，伸出了手。徐翰烈頓了一下，稍微側了下頭，但是在那隻手真的來到他面前，包覆住他的臉頰時，他卻沒有閃躲。白尚熙在他的唇角和臉上印下柔和的吻。嘴唇沿著下巴逐漸移動至脖子的同時，他的手在徐翰烈的後腰部搔癢似的撫摸。他像個初次嘗試按下琴鍵的孩子，小心翼翼地慢慢觸碰著。徐翰烈在搔癢的觸感下挺直了他的脊背。於是，白尚熙厚實的胸膛和徐翰烈的腹部摩擦般地接觸在一起。白尚熙摸索著徐翰烈的肩胛骨，同一時間，輕輕地將突出的喉結吃進了嘴裡。隨著徐翰烈發出了「嗯」的呻吟，緊密貼合著的下腹也開始繃緊。

徐翰烈默默地吸氣再吐息，享受著白尚熙給予的刺激，再次攫住了他的頭髮。忽然間，徐翰烈把頭向後傾斜，他拉開距離，直勾勾俯視著白尚熙一覽無餘的臉孔，然後按住了他的肩膀，讓他重新躺回沙發上。一邊解開白尚熙鬆散的腰帶，徐翰烈居高臨下地俯瞰著白尚熙。就如同那老套的形容，這是具雕像般的軀體。修長的脖頸，筆直的鎖骨，肩膀寬闊的線條形成了一個結實的框架，裡面有著大塊的肌肉，有些部分又遍布著細密的肌群。一吋一吋都像是精心雕琢而成，沒有分毫多餘的贅肉，找不到有任何一處的不足或是多餘。若不是白尚熙的腹肌正隨著呼吸在起伏著，或許會誤以為自己在看著的是一幅畫像。審視著眼前這幅美景的徐翰烈突然壞笑了起來。

「夫人太太們一定愛死了吧，你在軍中時沒有保衛國家，都在鍛鍊身體嗎？」

「幹了這麼多體力活，總要有點附加的成果才行吧。」

「你都已經這樣辛苦過來了，現在要謀生還是這麼的困難？搞得自己連拒絕的權力都沒有，只要人家想做，就得立刻硬起來嗎？」

「我滿喜歡做愛的，所以沒差。反正只要是個洞，插在哪裡其實不都一樣？」

「啊哈，很好。心態夠渣。」

「有人說這叫做天職。」

徐翰烈的嘴角輕微揚起。他的浴袍現在脫到勉強掛在胳膊上的程度。他一挺起腰桿，鼓鼓的內褲前襟就完全地袒露而出。徐翰烈的手指從自己的腹部下滑至腹股溝，將單薄的內褲下擺一拉，已然勃起的性器便從那裡彈了出來。興奮漲紅的肉柱上方，突起著粗粗的青筋。徐翰烈將自己充血的肉柱戳在了白尚熙的嘴唇上，「舔。」他說。

白尚熙一刻都不遲疑地伸出舌頭，在全然興奮到發紅的龜頭上描繪著。只不過是舔了幾下，徐翰烈的腰就微微地顫抖起來。他的眼中有熱氣在氤氳，懷著一抹微妙的期待。白尚熙的舌尖舔弄著龜頭和柱身連接的部位，然後用力吸了一下前端分開來的部分。短暫卻鮮明的感受，讓徐翰烈默默地將他的下腹部往前頂了頂，表達了他的急切。白尚熙用舌尖攪弄著翕動的尿道口，直到徐翰烈的忍耐力被完全磨光時，他才張嘴將整個性器納入口中。光滑的黏膜將發燙的肉柱給完全密實地包裹了起來。

「……哈啊！」

徐翰烈微仰著頭，吐出了興奮的嘆息，嘴角不受控制地抽動著。白尚熙緩慢地拉伸著脖子，認真地吞吐著他的陰莖。徐翰烈享受了一陣慢調子的穩定緊緻後，很快地開始著急起來。等不及對方給予的刺激，他一點一點地向前頂弄起他的腰部。每承受一次他的碰撞，白尚熙的唇肉就被擠壓在堅硬的齒列上，引發痛感。照這樣下去，大概又會像上次一樣做到見血了。

為了讓徐翰烈的性器能更順利盡情地深入，白尚熙降下舌頭，展開了他的咽喉。每當徐翰烈的小腹緊貼在自己面前時，他便用整個口腔和喉道口緊緊絞住他的性器。徐翰烈以往從來不曾經歷過如此強烈的吸附度，好像要把在根源處沸騰著的黏液一口氣全部抽吸乾似的。他感覺背脊上起了雞皮疙瘩，渾身都在發著抖。

「這是破布們的特性嗎？」

急促的喘息聲中夾雜了一句像是在自言自語的問題。白尚熙表情疑惑地抬起了頭。

「我是說，你吃得還真是順口，要你舔你就立刻舔，要你吞你也整個吞了下去，看來是都不會覺得噁心是吧？」

「有什麼好噁心的？不管是你的嘴唇還是你的老二，不就都是肉而已。」

白尚熙用滿不在乎的口吻回應道，同時用力壓下了徐翰烈的陰莖，再放手讓它彈跳起來。徐翰烈帶著嘲諷的臉蛋整個皺了起來。已經被口水潤濕到光亮的肉柱上浮現出一條粗大的血管。白尚熙抬眼瞪著徐翰烈，一邊小口小口地含舔著那條青色的靜脈。徐翰烈的性器於是像充了血似的通紅，一抽一顫地跳動著。

「不管是味道或者是觸感，至少以用嘴舔弄一下就會興奮膨脹的這個部分來說，沒有什麼不同吧？」

問話的同時，他嘴唇還貼在徐翰烈的性器上，沒有分開。聽了白尚熙挑釁意味十足的話，徐翰烈嗤地笑了。他揪起白尚熙的頭髮往自己中間拽，豪無預兆地聳動腰部頂弄，將自己的性器深深戳進白尚熙的喉嚨。儘管喉頭被擠壓的感覺讓白尚熙起了乾嘔的反應，額頭都爆出了青筋，他仍然十分執著地繼續吞吐著徐翰烈的性器，吸力大到讓徐翰烈感覺尿意時時刻刻都在洶湧地起伏，彷彿自己隨時都可能被他吸得尿出來。

「呃、哈啊……」

徐翰烈向後仰起頭，充分體會著與疼痛相呼應的一陣陣緊絞，腦袋裡昏沉沉的。他希望身體能停止釋放出那股一直在內部匯聚膨脹的火熱欲望。一有了這個念頭，他立刻俯下自己的上身，扶住了白尚熙頭頂上的沙發扶手。徐翰烈撐起了上半身，下體如打樁的動作順利地加快了起來。白尚熙握在他腰部的手緩緩滑落，然後捏住了他凸起的臀部。被兩隻手掌完全包覆起來的肉塊相當具有彈性。既然這裡捏起來的手感這麼好，胸部再平坦好像也不成問題。白尚熙不停地揉捏著豐滿又柔韌的兩團肉瓣，悄悄試著探訪縫隙之中的後穴。感覺到後頭的觸摸，徐翰烈縮了一下，即時扣住了白尚熙的手腕。從徐翰烈試圖躲避視線的臉上，可以窺見一絲微妙的緊張和焦灼感。白尚熙看著他神色僵硬的臉頰，更加露骨地揉弄著臀部的穴口。徐翰烈狠咬牙關地隱忍著，更使勁地抓著白尚熙的手。

白尚熙連續地親吻著徐翰烈抖動的性器表面，然後將沙發上的靠墊一個、兩個推到了地上去。隨後他扣住了徐翰烈的腰和大腿，摟抱到自己的面前。轉瞬間，徐翰烈的身體被他整個倒了過來。上半身突然滑落至沙發下方，徐翰烈的視角變成了上下顛倒的狀態。要不是因為有靠墊，他的頭差點就要直接撞在地板上了。由於下半身還懸掛在沙發上，倒頭栽的姿勢讓血液迅速地衝向了徐翰烈的面孔。

「……呃、你幹嘛！」

徐翰烈直接表達了不滿之意。但是白尚熙不理會他的抗議，抓著他的腳踝將他向上抬起，繼續開始仔細地吃著徐翰烈快要釋放的性器。血液一直向下倒流，但是熱氣卻持續向上聚積在鼠蹊部的位置，徐翰烈的身體因這番奇異的現象而顫抖不歇。白尚熙的耳廓接二連三的摩擦擠壓著徐翰烈大腿內側的嫩肉。徐翰烈難以承受，除了推著白尚熙的肩膀，也試著大力撓抓他的膝蓋。然而他越是掙扎，白尚熙就越是大力地吸吮他的性器。徐翰烈被折磨得痛苦，感覺那濃稠凝聚的東西立刻就要順著尿道被吸出來似的。他瀕臨即將射精的邊緣，霎時繃緊了全身，呼吸被逐次截成短促的片段，腹肌也使勁地在上下起伏著。可是下一個瞬間，正在熱頭上的性器轉眼竟落了空，外部的冷空氣一下子附著在炙熱的肉柱上。徐翰烈詫異地想抬起頭，卻因為下半身又被扯了上去，脖子再度受到壓制，握著白尚熙膝蓋的手也同時滑落。徐翰烈不得不趕緊用手肘抵住地面，支撐住他的上半身。

白尚熙用舌尖倒著舔拭徐翰烈的柱體，還「啾」地親吻著他那裡圓鼓鼓的囊袋。隨後他的舌頭滑了下去，朝著臀縫之中深幽的後穴舔拭。完全沒意料到的刺激讓徐翰烈驚慌地擺動著四肢。一開始舔弄的動作還如同在搔癢一般，再來，白尚熙直接將徐翰烈的臀部朝兩側剝開。騰出了空間後，他使用整個舌頭的平面，確實地舔著帶著摺紋的入口。

「呃、啊嗯……啊！」

徐翰烈因緊張而僵硬的身軀不斷地發抖。白尚熙沒有停頓地，用舌尖一摺舔過一摺，計算著皺摺的數量。徐翰烈終於再受不了地抬起手臂，遮住了自己的眼睛，緊咬的牙關中發出了咬牙切齒的聲音來。即使他再努力克制，也無法抵擋身體最隱密之處被觸發的陌生刺激感受，感覺全身像就是火在燃燒。直直翹起的性器顫顫巍巍地一遍又一遍上下抽搐著。白尚熙靜靜看著眼前這些反應，然後豎起了舌尖往洞裡鑽了進去。經過舌頭連續不斷的磨蹭，入口的阻力多少減弱了一些。每當白尚熙的舌頭探挖進逐漸軟化的後穴時，他挺直的鼻尖都會重重地壓迫在徐翰烈的會陰上，整個胯部酥麻到徐翰烈連話都說不出來。他緊緊捏著旁邊的座墊，用著像是要捏爆它的力氣，最後受不了了，乾脆還拿起一個靠墊扔了出去。

後穴傳來了一再舔弄的水聲，原先乾燥的穴口被口水滋潤得濕滑不已。白尚熙每次吮吸著洞口和內部的黏膜，發出嘖嘖的咂嘴音時，徐翰烈都會煩躁地撩抓他的雙腿。白尚熙也不在意，繼續玩弄了好一陣子的軟肉。即使嘴唇離開了，那處的皺摺仍舊水亮亮的，吸引著他摸了一遍又一遍。光是他輕輕地撫摸，洞口就已變得濕軟，綿綿地放鬆開來銜住了他的指尖，這幅情景不知不覺間令人產生出一種急切的情緒來。白尚熙於是將手指插進了洞裡更深的地方。身體發顫的徐翰烈倏地踢了一下白尚熙的胸口，自己則摔在了沙發下。肚子著地的他正打算匍匐而逃，卻即刻遭到了箝制。白尚熙已經拽住了徐翰烈的腿，整個人疊在他的身上。

　　沒想到白尚熙如此固執，就在徐翰烈正要對他發怒的時候，一隻手指頭突然伸進他的嘴裡。他厲害的舌頭強硬地抵抗，防備著侵入，然而卻是無濟於事。白尚熙肆無忌憚地翻攪按壓著徐翰烈的舌頭，在他臉頰內側的黏膜上刮弄。徐翰烈的嘴裡很快地變得滾燙，黏稠的唾液開始凝聚。同一時間，白尚熙還一邊執著地啃咬著徐翰烈的耳垂和脖頸。白皙的肌膚上，每個嵌入牙印的位置都留下了紅色的斑痕。若是吸得再更重一點，上面絕對會留下瘀青的痕跡。明知如此，白尚熙還是拚命吸吮著，然後把手伸到底下扭轉著徐翰烈的乳頭。被白尚熙墊在身下，徐翰烈仍在哆嗦著的背部和白尚熙火熱的胸膛貼合在一起。白尚熙壓制住身下頑強的抵抗，手指頭更加討人厭地調戲著徐翰烈的乳頭。被重覆啃咬的後頸因血液滯留而泛起了紫。

白尚熙動作自然地掃過徐翰烈的下腹，一把握住了硬挺的性器。敏感的部位再次受到刺激，徐翰烈的腰部自動拱了起來。白尚熙刻意用力地施予壓力，手中接連不斷地套弄著。徐翰烈的身子已經完全貼在地面，開始興奮地震顫。但是，下面是堅硬的地板，上方又被白尚熙壓迫著，熱度達到極致的身體根本無處可逃。茫然之中，徐翰烈難受地逸出了低沉的呻吟。

白尚熙從容不迫地親吻著他的後頸和肩膀，套弄著徐翰烈肉莖的動作仍舊是毫不留情。劇烈的酥麻感使得徐翰烈的背部一直頂貼著白尚熙的胸口。強烈的抗拒感擠壓著肺部，讓白尚熙感覺腦袋恍惚了起來，突然有種想要再欺壓他多一些、想就此束縛住他的念頭。徐翰烈發出一聲又一聲的痛苦呻吟，緊抓著白尚熙的手腕，意圖制止他的行為。然而情況並沒有好轉的跡象，他越是阻止，白尚熙越是惡劣地擺弄著手部的動作。

「呃、啊……啊唔，嗯、唔、啊、哈呃……」

連綿不絕的痛吟聲流瀉而出，就連他發出的呻吟都被白尚熙伸進嘴裡的手指給攪弄得一塌糊塗。緊貼在徐翰烈背上的白尚熙，將他熟透到通紅的耳後持續舔拭得黏糊糊的。難以承受的刺激讓徐翰烈的腦袋一點一點地低垂了下來。白尚熙隔了好一陣子才把他的手指頭從徐翰烈的嘴裡抽出來，緊接著伸到了徐翰烈的屁股，已經擴開的穴口毫不猶豫地銜住了那根食指。手指上黏滑的唾液被帶了過來，再次濕潤了乾掉的入口。手指一插，徐翰烈揚起了下巴，「嗯！」地哼叫出聲。

白尚熙又加了一根手指，掃動著內側擴張洞口。內壁黏膜柔軟地附著上來，他感到神奇似的試著按壓。徐翰烈的肩膀因強烈的刺激而抽動著，白尚熙輕輕地在他肩膀啄吻安撫，持續座落在後耳和後頸的嘴唇也是溫柔到不行。只不過，下方在為了自己進入的空間而認真擴張的那隻手卻絕非如此。徐翰烈只要發出痛苦的呻吟，白尚熙就會裝傻地在他的會陰部搓揉打轉，轉移注意力，看來的確是已經非常慣於愛撫他人的身體。

把頭埋在手臂裡忍耐著的徐翰烈伸手握住了白尚熙的手腕，他的手掌心已經滿是汗水。

「……別再弄了，快做啊。」

下達這樣的命令很羞恥似的，徐翰烈的整個耳朵都在發紅。白尚熙眉頭微鬆，「就照你說的。」他從後面拔出了手來。手指曾進入的空間在剎那之間無法

完全地密合。但是沒多久，一個重物咚地砸在了屁股上，讓徐翰烈有些怔愣。他迷迷糊糊地回過頭，就看見白尚熙正熟練地扭開保險套，將套子戴在自己的性器上頭。勃起之前就在炫耀具有相當分量的體積，硬起來之後更是一手難以掌握的又粗又長。在徐翰烈被嚇得僵住之際，白尚熙握住了他的腳踝，把他拖到了自己的跟前。隨後他將保險套裡的潤滑劑仔細地塗抹在徐翰烈的臀部之間。厚實的一大塊肉柱輕輕地磨蹭在泥濘的窄穴口。敏感的部位一再感受到橡膠特有的質地。徐翰烈在一片迷茫感之中緊閉了雙眼。

白尚熙悄悄地按壓著徐翰烈的一側臀瓣，擴張做是做了，但不曉得這樣的程度是否足夠。這是他第一次和男人做，也不知道能不能順利成功。當他把性器抵在像熟透的水果般又紅又軟的洞口時，保險套前端的儲精袋就先被捲進了皺摺之中，內壁的黏膜急著要把套子給吸進去，彷彿在叫囂著快點放進來似的。這幅陌生卻美妙的光景，誘惑著白尚熙伸出手來，輕撫了皺摺處，緊閉的穴口收縮了一下，更使勁地咬住了套子皺巴巴的前端。

白尚熙的嘴角悄然掀起一抹笑意。他一邊感到期待不已，聚精會神地看著嫩紅的小洞，同時不停地用手摸撫著那裡。直到茫然等待的徐翰烈因為持續的搔癢感而發火時，他才瞬間回神。到了這時候，也沒有再繼續拖延下去的本事了，按著徐翰烈的後腰，白尚熙緩緩地把下身推了進去。但是連龜頭都還沒完全進入，徐翰烈僵硬的肩膀就宛如觸了電一般地抽搐起來。

「啊啊！」

徐翰烈慘叫著推開了白尚熙，本能之下發揮出的力氣把毫無防備的白尚熙給完全推倒在地。

「該死的……很痛欸！」

徐翰烈扭著身子怒瞪著白尚熙。白尚熙愣在那裡，胯部中間那個一時之間喪失去處的性器，龜頭還在蠢蠢欲動著。見到那個駭人的大小和形狀，徐翰烈率先失去了鬥志。

「你竟然想要用那個肏我……」

「哈？」

白尚熙不禁要嘆氣，明明一開始說要做的是他，剛才要他直接進來的也是他。男女之間第一次的性行為都免不了疼痛了，難道他以為男的跟男的做起來都不會痛、都很美好嗎？

「不行了。」

一副失算的模樣，徐翰烈不滿地忽然起身。白尚熙見狀，難以置信地笑了出來。他見徐翰烈慢吞吞地拾起別人的浴袍穿在自己身上，於是伸手輕輕地摟住了他的膝蓋內側，把他拉了過來。好不容易剛穿上的浴袍又被扯開，徐翰烈忍不住大吼出聲。

「你要幹嘛！」

「真的不做了？下面還硬著呢？」

白尚熙用下巴指了指徐翰烈依然勃起中的性器。不用他提醒，徐翰烈也因為全身尚未消退的熱意，呼吸還急促不穩著，心情很是不爽。他重重喘著氣，眼神不滿地盯著白尚熙。白尚熙把徐翰烈往自己的方向更拉近了一些，徐翰烈卻伸直了手臂抵在他的肩膀上。

「你要做什麼？放手！」

「我不進去。」

「我說放開我！」

白尚熙扣住徐翰烈憤怒的臉龐，在上面輕吻了一下，還發出「噓」的聲音，安撫著在氣頭上的徐翰烈。兩人的目光在鼻尖相觸的距離間相交在一起。「我會讓你舒服的。」白尚熙像在哄小孩似的，再次溫柔吻上徐翰烈的嘴唇。他含住徐翰烈厚厚的下唇，又放開來，然後溫情地將上唇也捲進嘴裡。白尚熙一邊接吻一邊扶著徐翰烈的背，極其小心和冷靜地把徐翰烈放倒在地上。他默默握住了徐翰烈的性器，突如其來的壓迫感讓徐翰烈的身子縮了一下。白尚熙輕啄著徐翰烈緊繃的肩膀，手上開始了緩慢套弄的動作。敏感的肉柱被掌心的軟肉還有指關節之間的曲折磨著，輾出奇異的快感。徐翰烈一直屏住的呼吸忍受不住地噴發出來，肚子不由自主地在抽搐著。

「……呃！」

徐翰烈皺著眉頭推了推白尚熙，但是白尚熙不動如山地繼續在他肩頭吮吻著，忽地含住了徐翰烈毫無防備的乳尖。當他啾地吸起了那小巧的肉團，徐翰烈的下腹部自動收緊，推著白尚熙的手勁也更加強硬了。白尚熙像是對徐翰烈的抗拒無感似的，用整片舌頭，由下至上狠狠舔過胸上的那團軟肉，然後又大口將其整個吸入嘴裡。似溫和卻又刺痛的刺激之下，徐翰烈不禁顫抖地屈起了膝蓋。白尚熙刻意用力地吸到發出響亮的咂嘴音，而肩膀上抵抗的推力也還在持續著。

「啊、呃……」

緊咬的齒縫間透出了一絲極力抑制的呻吟聲，瞪著白尚熙的雙眼也撲簌簌地眨了幾下後閉了起來。白尚熙控制著手中的力道，一下重一下輕地套弄，不停引導著徐翰烈的射精感。一用大拇指摩挲龜頭，徐翰烈的腰身就痙攣著弓了起來。

「……呃、哈呃！」

白尚熙在徐翰烈仰起的下巴上一點一點地啄吻著，然後忽然就咬住了他的嘴唇。溫熱的氣息竄進了飢渴無比的口中，讓徐翰烈的眉毛細微地顫動。他微微張開了嘴，等待著白尚熙把舌頭給伸進來。白尚熙卻沒有更多動作，只是一直含著他的嘴唇，吊足了他的胃口。徐翰烈不願意再忍耐了，他推著白尚熙的肩膀起身，坐在白尚熙的身上，自然地逆轉了兩人的姿勢。徐翰烈兩手撐在地板上，然後貼上白尚熙的嘴唇，伸出舌頭舔弄著。白尚熙默默地張嘴，將他的舌頭納入嘴裡，回應著徐翰烈的吻。軟滑的舌肉相互糾纏在一起，在彼此口腔的每一處搜刮著，徐翰烈的耳際和後頸很快地發燙了起來。徐翰烈埋頭接了好一會的吻之後，緩緩地開始頂弄著腰腹。白尚熙收緊了圈成環狀的手指，擠壓著徐翰烈熱燙的性器，嘴巴毫不介意地將徐翰烈粗喘的濁氣給盡數吞盡。不斷累積的快感讓徐翰烈深深攏起了眉頭，遵循著本能的下身逐漸快速激烈的聳動了起來。白尚熙將那磨蹭到發痛的性器溫柔地一把絞緊在手裡，徐翰烈的身體一下子突然僵住不動了。

「呃、嗯嗯……」

溫熱的黏液噴濺在白尚熙身上，他毫不在意，在徐翰烈僵直的脊椎上下撫摸。徐翰烈渾身哆嗦著，腰部又再擺動了幾下，紅透的性器吐出了所有剩餘的精液後，抽動著軟了下來。徐翰烈癱倒在一旁，大口地喘著方才憋了太久的氣息。

白尚熙用手指將自己手上和射在腹部的精液刮了起來，然後輕輕塗抹在全身乏力的徐翰烈大腿內側裡。徐翰烈皺起眉，表現出他的不快。白尚熙無所謂地繼續揉捏著大腿內側，突然對上了他的目光。徐翰烈的眉頭皺得更厲害了。白尚熙直接靠下來親他的嘴，徐翰烈偏過頭想躲避，卻被白尚熙扣住了下巴，再次覆上了他的唇。豐厚的下唇咬在嘴裡，微微地拉扯過後才放開來，接著他又連續在徐翰烈的嘴角、臉頰、下巴邊緣都吻了個遍。連徐翰烈柔軟的耳垂也不放過，逗弄似的銜在嘴裡啃咬著。

「把腿併起來。」

白尚熙聲音低沉地下了指令，然後將徐翰烈的膝蓋合攏在一起。徐翰烈射精後疲軟的陰莖被他向上撥了過去，白尚熙把自己的性器倏地插進了沒有空隙的大腿根之間。巨大的肉柱體硬生生劃開了大腿內側的肌肉，一股腦地穿了進來。粗實的柱身接二連三地掃過徐翰烈的囊袋，他瑟縮了下，不爽地瞪著白尚熙。

「你在幹嘛？」

「都站起來了，總要找個地方插吧？還是怎樣？你要用嘴幫我吸出來嗎？」

「瘋子……」

「不會弄痛你的。」

白尚熙嘴裡說著不要臉的話，一邊親著徐翰烈的嘴，沒有任何的預告就開始動起了下半身。徐翰烈再次扭開了頭，但是白尚熙的手指硬是捏住他的臉頰，將他轉回正面，讓他再無法閃躲地好將自己的舌頭伸進他的嘴裡。表情痛苦的徐翰烈發出了「唔嗯」的掙扎聲音。白尚熙腰部頂弄的動作越來越劇烈，到最後已經響起了肉體大力撞擊的啪啪聲來。只是沒有插進洞裡而已，兩人的動作跟真正的交合其實沒有什麼兩樣。徐翰烈射過一回的性器恢復了力氣，慢慢地又抬起頭。每當白尚熙大力衝撞他的下腹部時，徐翰烈束手無策被碾過的睪丸和夾在兩人之間被擠壓的陰莖，在在產生了酥麻的快感。白尚熙深具分量的陰囊連續不斷地在徐翰烈會陰部拍擊著，下面被搗出了火辣辣的痛感。即使他不想合起腿，被併在一起的大腿也不自覺地一直使力，把白尚熙的性器越夾越緊，不停地給予他刺激。猛烈的抽插動作一直在無情地摩擦著大腿內側的嫩肉。

「啊呃、啊……」

「哈啊……哈……呃！」

交纏的雙唇短暫分開，兩人爭先恐後地搶著呼吸新鮮空氣。強烈的快感讓整個胯部都酸麻不已，感覺有什麼在下腹部不斷地在醞釀著。骨盆被撞擊到時，伴隨著不舒服的疼痛，每當這種時候，徐翰烈便會報復性地更用力吸吮白尚熙的舌頭和嘴唇，想故意弄痛他。很快地，徐翰烈全身都被汗水浸染得光滑濕潤，濕滑的肉體一次又一次地猛烈碰撞而又分開。徐翰烈連眼角都在燃燒，全身體溫急速地上升沸騰著。

這時，徐翰烈的下半身猝不及防地被抬起，意料之外的一股涼意竄上了腰部，白尚熙正抓著徐翰烈的腳踝，把他併攏的雙腿同時舉了起來。白尚熙將他的兩隻腳單掛在自己一側的肩頭上，和剛才不同的角度，改從大腿底部向內側開始抽插。從徐翰烈的視野中所看見的，是白尚熙深紅的龜頭不斷地從自己緊閉的大腿縫隙中戳刺出來的景象。碩大的傢伙衝進來時，徐翰烈豎起的性器便被它從陰囊部分開始摩擦到整個陰莖，上上下下不斷地給予刺激。白尚熙的全身體重就這樣壓在徐翰烈的下半身，帶給他一種前所未有的壓迫感。徐翰烈正在用自己的身體承受著他人的慾望，這個事實在這一刻徹底地被烙印了下來。

徐翰烈勉強掀起快要闔上的眼皮，望向了白尚熙。白尚熙一向木然的臉龐正因為甜蜜的痛苦而扭曲著。每當他的性器操進來時，他的嘴角會微微地向上揚起，看起來一副很舒服的模樣。徐翰烈是第一次看到他有這樣的表情。徐翰烈在時時刻刻襲來的顫慄痛苦之中，經由白尚熙對自己的身體索求著更多快感的動作，獲得了一種奇異的成就感，身上突然泛起了一層薄薄的雞皮疙瘩來。明明沒有真的插進來，一種更加恍惚的感受卻貫穿了整個大腦，令他腦袋昏沉沉的。下腹部淤積的那團熱氣急速地朝向出口衝去，徐翰烈的腳趾手指都蜷曲了起來。

下一刻，白尚熙將徐翰烈的身體緊緊擁入了懷裡，無止盡戳刺的性器啪的大力地拍擊了一聲，粗暴地投身而入。兩人一前一後地爭相射了出來，快感猶如暴漲的洪水奔騰而出。徐翰烈的部分精液射在了白尚熙的下巴上，而被白尚熙束縛著的雙臂正被狠狠地環抱著，白尚熙緊咬的牙關還發出了咯吱咯吱的聲音。胸口被結結實實地壓迫著，讓徐翰烈快透不過氣來。即便如此，徐翰烈卻沒有發出抱怨，乖順地讓白尚熙將他緊抱在懷裡。不久，白尚熙才慢慢一點一點地鬆開了箝制住徐翰烈的力量。

「……哈啊。」

渾身慵懶癱軟的徐翰烈吁出了一口剛才來不及喘出來的氣。事後的強烈餘韻讓他眼皮撲簌簌地顫抖，感覺頭皮上的髮根全都站了起來。

白尚熙分開徐翰烈承受了撞擊的大腿根，慢動作地撫摸著被蹭得發紅的內側肌膚。他自然地來到他兩腿之間，在被精液沾染的小腹上啾、啾地吻著。隨後由下而上地來到了徐翰烈熱烘烘的脖頸處，在那裡吻了好一會後，他直起上身坐了起來，低頭看著徐翰烈。筋疲力竭的徐翰烈只剩下喘息的力氣，懶洋洋地抬眼和他對視。

「……」

「……」

徐翰烈確實沒了原先那股倔強的模樣，白皙的臉蛋上，只有他的眼角和腮幫子依舊泛著潮紅。長長的睫毛上沾染著水氣，格外具有光澤感。從那飽滿的唇瓣縫隙中呼出的氣體，一絲絲一縷縷的像是漣漪在飄盪。那勉強睜開的雙眼裡，只映照著白尚熙一人的身影。

白尚熙低下頭，將徐翰烈眼尾噙著的液體慢慢地舔去。吻一路沿著臉頰，來到徐翰烈腫脹不已的唇瓣後，白尚熙將自己的嘴唇覆蓋了上去。不同於方才激烈的深吻，這是一個唇瓣與唇瓣輕柔相觸的吻，徐翰烈沒有抗拒地閉上了眼睛。或許是因為一連串的行為產生的疲乏感，他乖巧地承受著白尚熙給予的刺激，那副順從的模樣令人陌生不已。

後戲持續進行了一段時間，白尚熙像是在做愛前徵得對方同意那樣，在徐翰烈的眼皮上、鼻樑、臉頰上不停綿密地啄吻著，彷彿是第一次在觸碰別人身體似的，小心翼翼地撫摸著徐翰烈佈滿汗水的濕滑肌膚。白尚熙將徐翰烈的耳廓輕含在嘴裡，然後又用鼻尖去揉弄著那柔軟的耳垂肉。僅僅是這樣程度的身體接觸，徐翰烈全身的感官也都靈敏地起了反應。

「……」

徐翰烈一邊汲取著尚未足夠的氧氣，一邊視線朝下，看著白尚熙在自己身體的每一處親吻著，宛如在對待一樣令他心生憐愛的東西。因為原本癱放在地板的手掌突然和白尚熙的交纏在一起，令徐翰烈身體哆嗦了一下。他十指緊扣地握著徐翰烈的每一根手指，接連不斷地吻著徐翰烈的鎖骨、遍布著大量吻痕的胸部、沾染著精液因此閃耀光澤的腹部。在徐翰烈疲軟下垂的性器上，他也用鼻尖輕柔地去摩挲逗弄，對著它啄吻。不知道他是在溫柔什麼，平常的白尚熙和做愛時的白尚熙完全不像是同一個人。

從渾圓的囊袋向下親吻到了仍然紅潤的龜頭上，白尚熙含著龜頭，啾地吸了一下前端的部分。一直在注視著白尚熙的徐翰烈皺起了眉，身體不自主地抽動了一下。彷彿是要緩解他的緊繃，白尚熙一邊愛撫著他的身體，再次回到他面前吻住了他的嘴。突然嚐到一股精液特有的腥味在嘴巴裡擴散開來，徐翰烈一把將白尚熙給推開。白尚熙低頭看著徐翰烈的模樣，「你看，」他突然開了口。

「只要吸它舔它，就會興奮、會濕、會流出東西來，這一點女人的陰部和男人的老二都是一樣的。」

白尚熙低喃著的語氣是完全的淡漠。徐翰烈皺起眉看著他，而白尚熙表情絲毫未改地在徐翰烈的臀縫上撫摸著。

「難道這裡的洞會有什麼不同嗎？」

徐翰烈感覺自己驟然間被澆了一身的冷水。他把白尚熙從自己身邊踹開，一坐起身，就往那副漠然的面孔揮了一拳。儘管面頰處登時就紅腫了起來，立刻將歪過去的頭給轉回來的白尚熙顯得非常淡然自若。做愛時的他過於殷勤的態度差點讓人產生錯覺。白尚熙果然還是原本的白尚熙。

「囂張的傢伙，是破布的話就像個破布一樣好好賣身，不要老是讓人掃興！」

咆哮完的徐翰烈倏地起身，往浴室的方向走去。白尚熙隨意地在沙發上躺了一下，視線移到了桌子的方向。他拿起桌上滾落的番石榴，毫不猶豫地就要送至嘴邊。然而忽然間，抬起的手就這樣停在了半空中。

「……」

不知道在想些什麼，白尚熙摸著自己的嘴唇和舌頭，沉思了許久。

〈第二卷待續〉

高寶書版集團
gobooks.com.tw

CRS015
Sugar Blues 蜜糖藍調 1
슈가블루스 1

作　　者　少年季節（Boyseason）
封面繪圖　Bindo
譯　　者　鮭魚粉
編　　輯　賴芯葳
美術編輯　彭裕芳
排　　版　彭立瑋
企　　劃　李欣霓

發 行 人　朱凱蕾
出　　版　朧月書版股份有限公司
　　　　　Hazy Moon Publishing Co., Ltd.
地　　址　臺北市內湖區洲子街 88 號 3 樓
網　　址　www.gobooks.com.tw
電　　話　(02) 27992788
電　　郵　readers@gobooks.com.tw（讀者服務部）
傳　　真　出版部　(02) 27990909　行銷部 (02) 27993088
郵政劃撥　19394552
戶　　名　英屬維京群島商高寶國際有限公司臺灣分公司
發　　行　英屬維京群島商高寶國際有限公司臺灣分公司
初版日期　2022 年 9 月

國家圖書館出版品預行編目 (CIP) 資料

Sugar Blues 蜜糖藍調 / 少年季節 (Boyseason) 作；鮭魚粉譯. -- 初版. -- 臺北市：朧月書版股份有限公司出版：英屬維京群島商高寶國際有限公司台灣分公司發行，2022.09
　面；　公分. --

譯自：슈가블루스 1

ISBN 978-626-96376-5-2(第 1 冊：平裝)

862.57　　　　111013113

朧月書版

朧月書版